默園詩集

蕤叟敬題

己亥獵月

黄懋謙 著

黄以幹 編

海峡出版發行集團
THE STRAITS PUBLISHING & DISTRIBUTING GROUP
福建人民出版社

1922年春，陳寶琛等在永泰小雄山聽水第二齋雅集合影

左起：何振岱、黄懋謙、王壽昌、鄭孝檉、王允哲、王邁、陳寶琛、陳寶瑨、□□□、陳元凱、周愈

1934 年春，北平中山公園水榭名流雅集
前排左起：林開謩、陳三立、江瀚、陳寶琛、楊鍾羲、朱益藩
後排左起：陳寅恪、陳幾士、李宣龔、黄懋謙、江庸、林是夔

南京西園雅集，后排左起第三人黄懋謙

二十世紀三十年代黄懋謙之母陳太夫人與長孫黄大馥合影

二十世紀四十年代末，黄懋謙與側室王氏及孫女黄以立攝於北京黄化門内大街蠟庫胡同7號寓所

1934年，黄懋謙之女黄大琨、黄玳瑛、黄英及長孫黄以榦合影

黄懋謙繼室王氏

二十世紀三十年代，黄懋謙長子黄大馥、長媳曾和清夫婦及次女黄玳瑛、長孫黄以翰合影

2018 年，黄懋謙長孫黄以翰全家福

1956年，黄懋謙連襟林鼎章、妻妹郭鳳芑、姨甥林同濟一家與黄以翰在滬留影

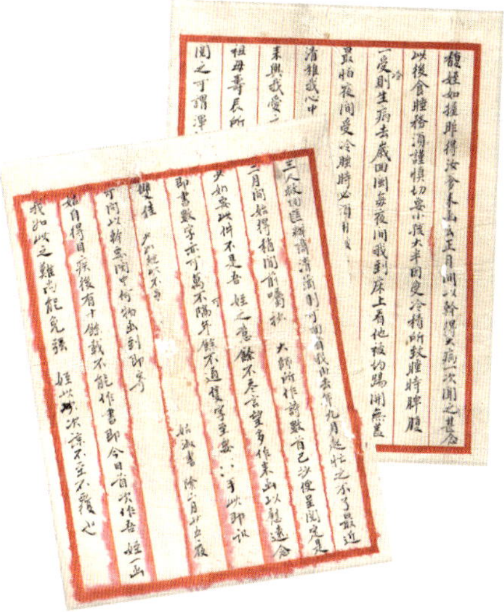

黄懋謙妹黄淑致姪黄大馥家書

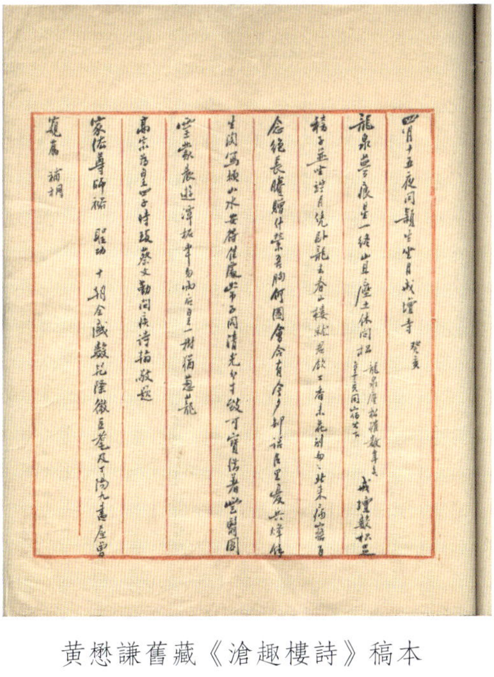

黄懋謙舊藏《滄趣樓詩》稿本

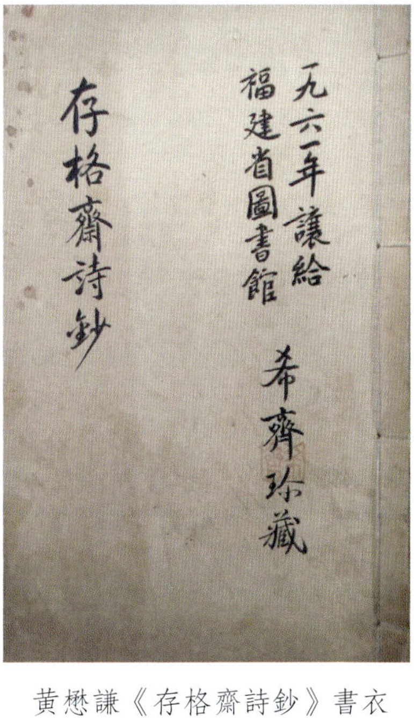

黄懋謙《存格齋詩鈔》書衣

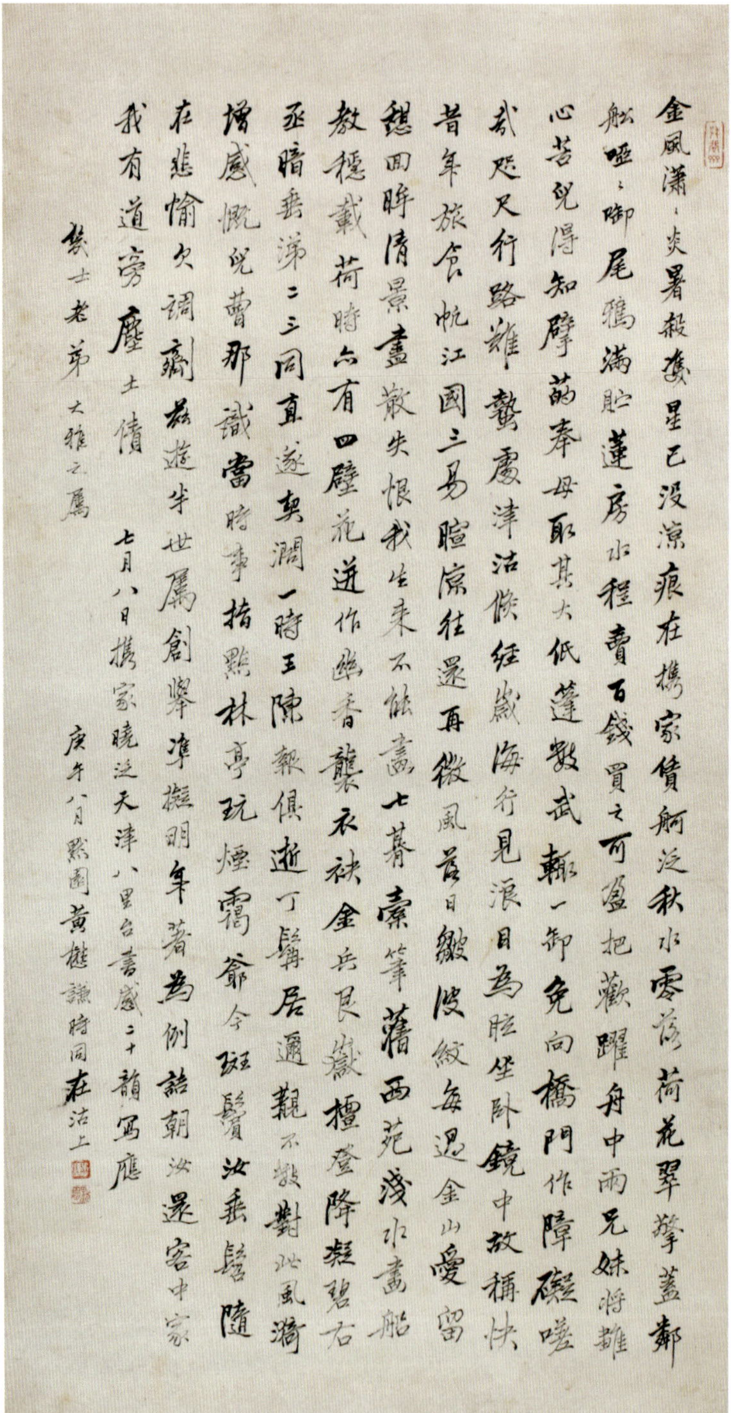
金風蕭蕭炎暑殺參星已沒涼痕在攜家賃舸泛秋水零落荷花翠蓋鄣
舩啞啞御尾鴉滿貯蓮房水程賣百錢買之可盈把歡躍舟中兩兄妹將離
心苦兒得知擘菂奉母取其大低蓬數武輒一卸免向橋門作障礙嗟
哉咫尺行路難艱處津沽倏經歲海行見浪目為眩坐卧鏡中故稱快
昔年旅食帆江國三易臘涼往還再微風舊日縐波紋每過金山愛留
憩回眸清景盡散失恨我生來不能畫七暮虞筆藉西苑淺水畫船
教擾載荷時亦有四壁花迸作幽香襲衣袂金兵昆嶽檀登降凝碧石
丞暗垂涕二三同直遂契闊一時王陳報俱逝丁歸居邇艱不數對此風漪
增感慨兒曹那識當時事指點林亭玩煙靄爺今斑鬢汝垂髫隨
在悲愉欠調劑茲遊半世屬創舉準擬明年著為例詰朝汝還客中家
我有道旁塵土債
七月八日攜家曉泛天津八里台書感二十韻寫應
葵士老弟大雅之屬
庚午八月 默園黃懋謙時同在沽上

黄懋謙書法

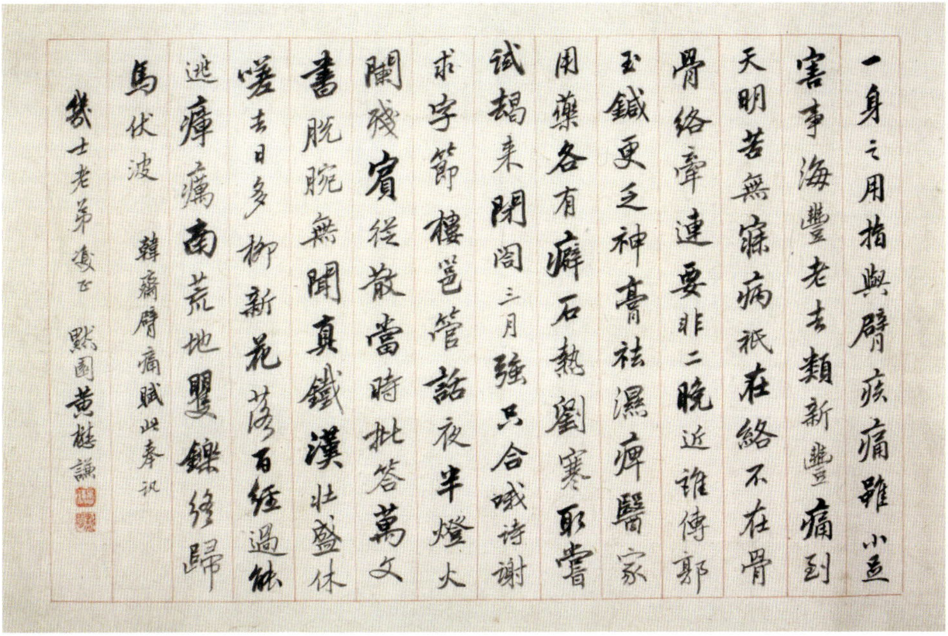

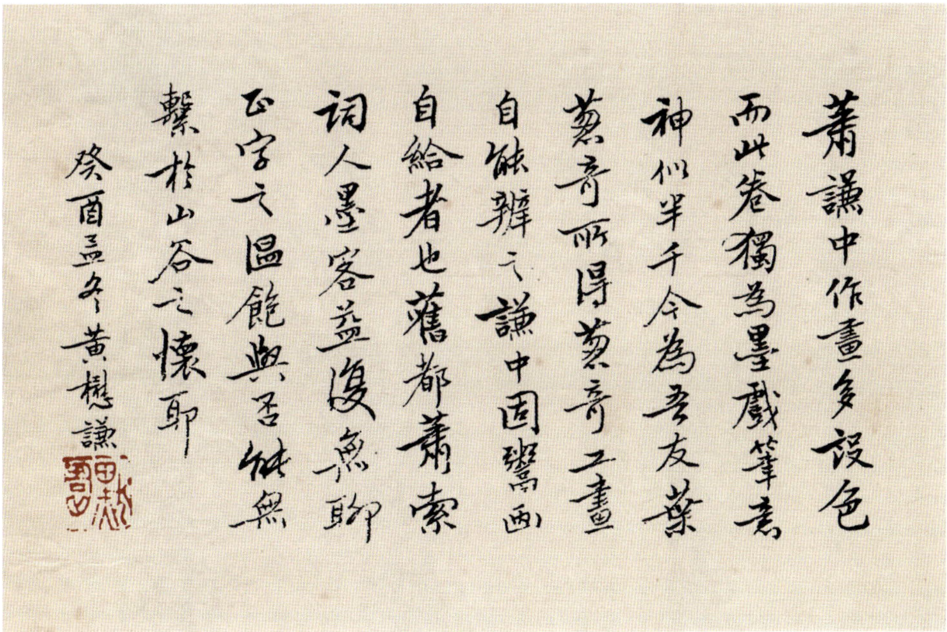

黄懋謙書法

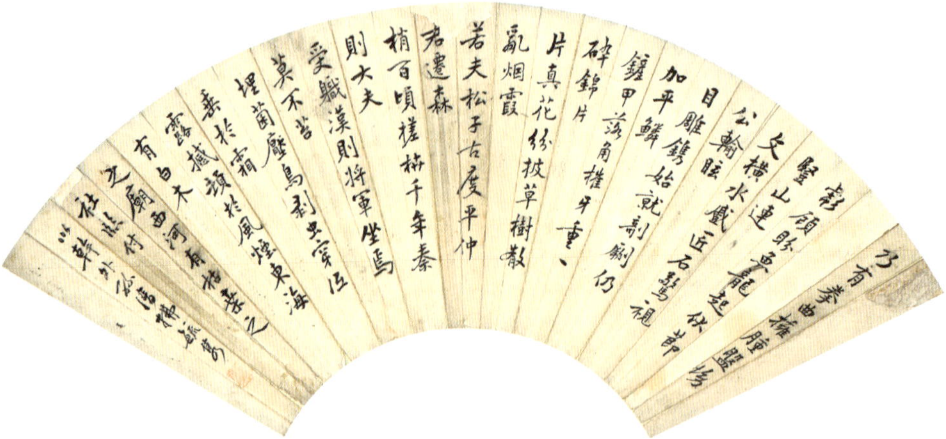

二十世紀四十年代，曾毓雋、黃懋謙書貽黃以翰扇面

黄懋謙書扇面

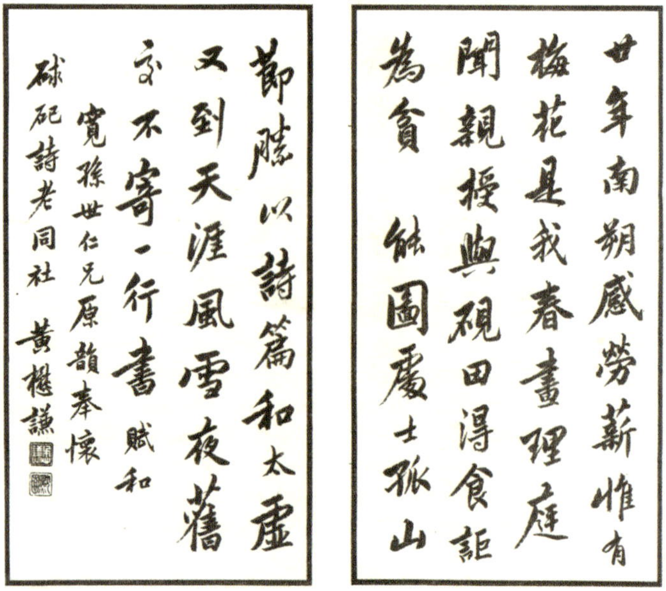

黄懋谦书法

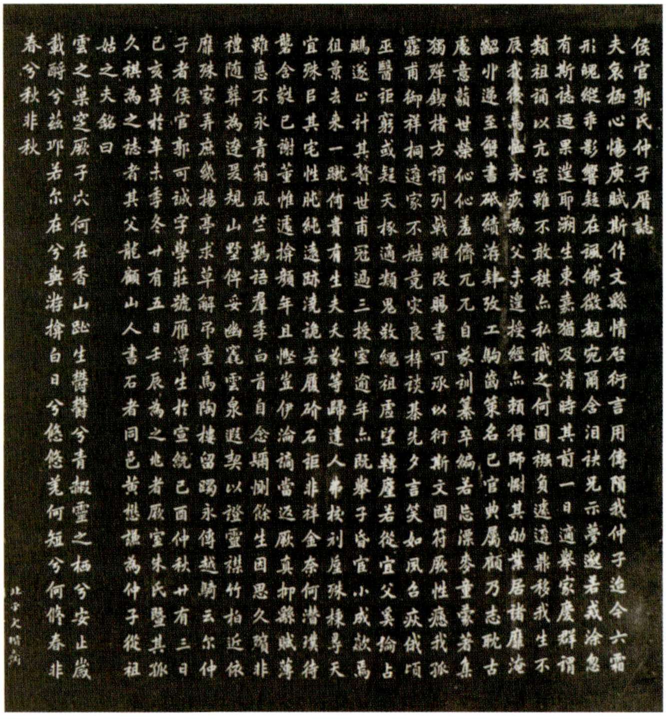

黄懋谦书郭可诚墓志

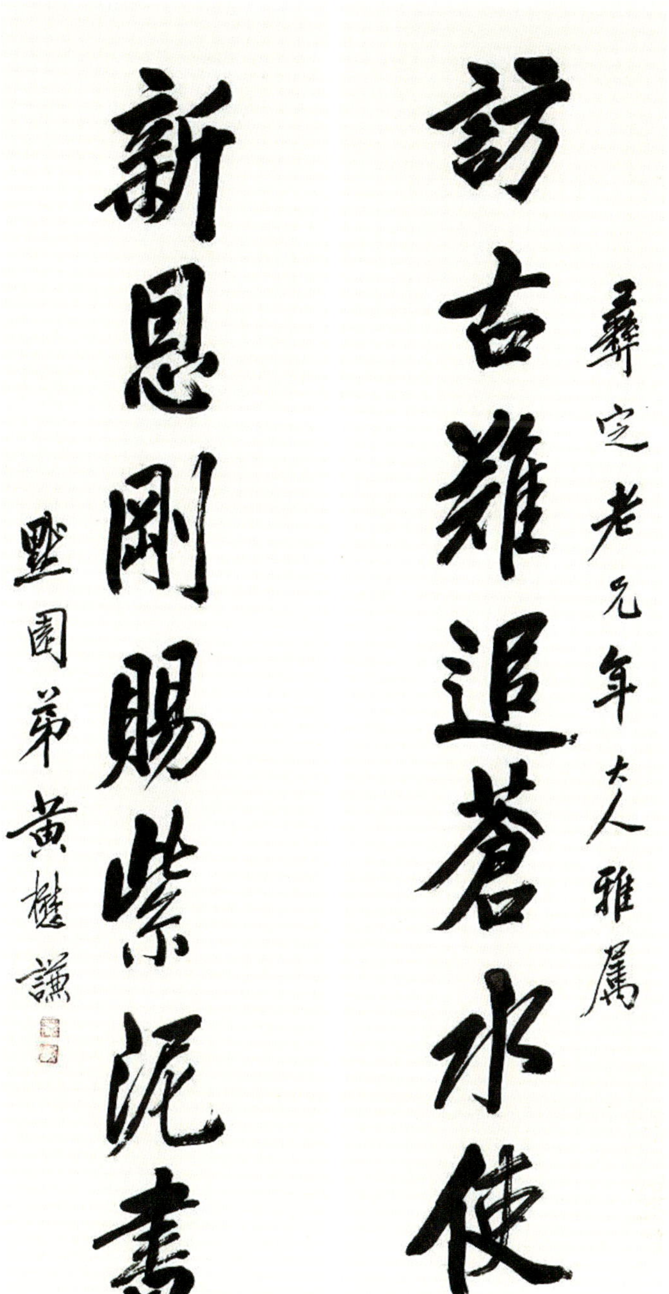

黃懋謙書對聯

黄以榦外祖曾毓雋像

曾毓雋書扇面

序

近代之詩，「同光體」影響最鉅，其中閩派尤盛，大有浩浩蕩蕩之勢。實則閩地詩風向有傳統，自唐以來，餘韻不絶，以詩世家者向不在少數。惟閩人不善爲名，爲詩多求自怡，不汲汲於人知，故湮没無聞者，所在多有。光宣以降，陳弢庵、鄭海藏、陳石遺諸先生力振閩詩，宗尚宋人，導揚標榜，有以表襮於世，一時詩人迭出，群星璀璨，故近代閩派詩之特出實胎息於閩人擅詩之固有傳統。

永陽白雲黄氏，詩名素著，一門競爽。莘田公當雍乾之世，可稱詩壇巨擘，久爲藝林推重。先祖幼承家學，肆力爲詩。其時里中有「支社」之集，陳石遺、林琴南、李畬曾及先祖之世父子穆公、從兄欣園公等皆與社事，月或數集，多於城内南營李家，先祖以所居密邇，垂髫便周旋諸老間，濡染甚深。年十七遊於庠，與王又點、林肖蝓、李拔可諸人相唱和，漸有詩名。及師從陳弢庵先生，所詣益深。中年以後，遊幕四方，復久居京華，遍交海内名流，聞見既廣，詩境亦拓。時同輩之人，飽嘗亡國破家、流離顛沛之痛，援筆爲詩，多抒幽思，其詩亦爲後世所重。先外祖之堂姪曾履川表舅嘗論閩派詩，開閩派知名作者六十四人，祖父列名其中，固以詩人爲世所知。

祖父追隨陳弢庵先生最久，自言「家弄從遊，都門侍坐，四十載飲食教誨」，其詩深受弢庵先生影響，嚴幾道先生有句云：「蘇門執梃有山谷，慧業倘許青出藍。」頗讚許之。陳石遺先生《石遺室詩話》、《近代詩鈔》多有評騭，汪辟疆《光宣詩壇點將録》亦將祖父之名附於陳弢庵先生下，世評其詩固如是哉。余幼年隨侍祖父左右，偶或囫圇記誦一二。對於祖父之詩，是學荆公、學簡齋，抑是學東坡、學山谷，雖不能道，頗覺錘煉精警，饒有蘊蓄，如《海棠》、《落葉》諸什，寄託遥深，清婉有情致，或所謂「綿麗深遠」者歟？蓋能以適所適，非徒積字而炫詞章、徒備間架而標風格者可比。

祖父生前所積詩稿數卷，同里李拔可先生曾謀爲刊布，因人事推遷，遂以不果。祖父逝後，遺詩兩册，藏於京寓先三叔處。一九六六年前後，先三叔攜祖父詩稿由京遷居福州，途次津沽，向先父道别，先父即將兩册詩稿索留津寓，擬稍加删汰再寄港請曾履川表舅付梓，詩稿係用佩文齋製朱絲欄稿紙寫就訂成，稍有水漬。不意丙午丁未之際，詩稿抄没，下落不明。先父在日，深以爲憾。

二〇一八年初，余攜妻兒來榕城，轉赴永泰白雲鄉尋根問祖。嗣後又由表外甥李厚威陪同至閩省圖書館查閱族譜資料，不期而遇連天雄君。李甥與連君是素識，攀談數句，連君得知余爲默園冢孫，即以先祖未刊詩稿相詢，隨又相告先祖有《存格齋詩鈔》一卷藏於省圖。余得悉，驚喜之餘，即於當日午後同大兒黄蔚再赴省圖，説明來意，得以順利複製先祖詩集一份。晤對先集，讀至《哭四兒大芳》一詩，憶及家事，棖觸萬端。余飽閲世事，以髦耋之齡，八十餘年後再至榕城，竟有此奇遇，似也冥冥中事，而連君之熱忱猶可感。回念先祖詩稿所歷之劫及先父生前夙願，以爲機不可失，乃謀付梓行，遂懇請連君協助董理，繼續網羅佚詩。忽忽已近兩年，今終得蕆事，可告慰先人於地下矣。排校既畢，爰書數語，藉誌梗概。公元二〇一九年歲次己亥仲冬，失後二硯軒主人黄以幹識於燕京，時年八十有八。

己亥歲末，先祖遺集初成，付梓後分贈四方，散落市肆，漸爲識者所知。適百色黄君任鵬購得一册，乃三年前余貽葉在琦孫女葉樹和女士及其故後散出者，黄君檢集中所夾余之名刺，遂得以通訊往來。黄君年少，篤於詩文。一日，謂先祖之詩可補輯者尚復不少，余漫應之。不久發來祖父詩數十首，讀及《哭琨女》詩「童孫字欹斜」句，往事歷歷猶新，精神爲之一振，此間因緣際會，誠有不可思議者。以爲尚有可復爲之者，急告連君，請合力襄助，促成先祖詩集之正式出版。二君應諾，乃相謀採録編纂，復增輯百四十餘首，中間往復商榷，並就前印之本詮次補葺，訂訛正舛，今得告成，距前集之印又五稔有餘矣。乙巳首夏，九十四叟以榦附識。

凡例

一、全書分《存格齋詩鈔》、《默園詩拾》及附録三部分，定名「默園詩集」。

二、《存格齋詩鈔》一册，朱絲欄鈔本，存詩百餘首。爲福州謝希齊（翊賢）氏舊藏，現藏福建省圖書館特藏部。

三、另從家藏劫餘故物、民國期刊、報紙、舊籍、拍賣圖録等多方蒐羅，輯得佚詩三百餘首，珍重掇拾，題曰「默園詩拾」。

四、附録五種，一曰「默園文賸」，遺文數篇，感喟沉鬱，藏之惟謹。二曰「師友贈答」，略見祖父平生交遊之雅。三曰「雲沛詩略」，係先外祖（曾氏諱毓雋）遺詩，所存不多，姑附於此，以誌紀念。四曰「燭窗話詩」，乃節余回憶録之部分，文雖鄙拙，多述家世，用敢附驥祖集。五曰「麟峰黄氏簡譜」，一九三五年先父回鄉爲先曾祖母祝壽，余以弱齡隨行，即知永陽十硯家風，兹僅録中允公以下本枝一脈附書後，亦俾子孫知木本水源之義。

目録

存格齋詩鈔

目録

默園詩拾

目録

附録

師友贈答

存格齋詩鈔

存格齋詩鈔

永泰　黄懋謙　默園　撰
長孫黄以榦　校訂

由滬入杭謁郭召蕣司馬

黄浦深秋一葉身，四更來宿越江濱。交援張陸忘年例，話説劉盧兩世親。勝地未憂行役久，詩人祇合在官貧。聖湖晴雨皆欣賞，小艇瓜皮要涉旬。

欣兄之官粤西同人集予池齋飲餞撮影成繫以一絶

三度傳觴一惘然，前池風竹對離筵。葛衣蒲扇之官去，記取鄉山五月天。

案：欣兄乃先祖堂兄，諱燊，一名育韓，字欣園。光緒乙亥舉人，官廣西融縣知縣。福州支社成員。

立夏前一日同王又點宿玉尺山房聽雨即送其明日歸亭江

懸知逕竹淨無塵，暗裏方池散碧鱗。一臥意慵支枕夜，此行夢冷渡江人。似防薄暑難宜夏，故放餘寒作送春。明日望耕亭上望，良苗簇簇亦懷新。

夜飲天心閣時山礬盛開同橘師賦

造物兒嬉未可嗔，年年花發負芳鄰。安排池館呼燈夜，慰取花前被酒人。

案：陳寶琛有《天心閣雨中山礬開過》一律，作於一九〇二年，見《滄趣樓詩集》。天心閣，在文儒坊，爲螺江陳氏別業。

遊亭江贈王又點

江村聚處無畦町，楓林紅映青山青。清溝流水夾長道，平步靜覺魚風腥。冷官將家當官舍，閉門落葉飛前庭。相攜怪我昨負約，長日望斷江天暝。此間風物了未識，導我曲折登山亭。烟帆沙鳥下空際，一瞥到眼清波泠。斜陽凝紫倏西匿，踏沙歸路過平汀。老饕濫充作佳客，烹羊魚鼈勞庖丁。村沽雖廉不可口，葡萄佳釀傾雙瓶。主人自言老解事，但願長醉寧無醒。酒闌擁被話待旦，寒氣鬣㷄窺窗欞。追摹清景在幽討，莫量近遠同揚舲。

與又點夜話感及舊事再贈

當年支樹詩初成，春月皎皎春燈明。我對垂髫位末座，微吟能學秋蟲鳴。流光驅人速轉轂，白頭縣尹西川行。詩人有淚灑遠別，哀猿落日迷郵程。雪髯漸滿下巴峽，歸臥無復尋前盟。廣文老死太守隔，君更聽角遼陽城。等閑一度又三載，墓門旦暮松風聲。人生聚散固如此，此吾家事寧無情。遠來微吟更感舊，起視落月金盆傾。

歲寒樓落成柬林肖蝓寄湖昆仲

盼到樓成費往還，歲闌人事轉蕭閒。長松作勢偏當檻，短榻含情但面山。廿載船官今縣尉，一枝詞筆本朝班。危欄倚遍誰曾見，萬斛離愁夕照閒。

聞穉可葬期已定愴賦

山光白鴿有新阡，一酹空懷耿不眠。貧賤交情除夕話，已無今歲況明年。

除日坐歲寒樓用東坡除日題杭州廳壁韻

山中值歲暮，衆去不一留。誰能趁急景，忍寒作詩囚。松石抵酒脯，佛笑吾寧羞。卻含天寶淚，畏亂無時休。江湖方滿地，烏知鴻雁謀。憂貧甚憂道，欲挽當何修。

案：一九〇六年陳寶琛作有《和嘿園除日過歲寒樓次東坡題杭州廳壁韻》詩，見「師友贈答」。

同肖蝓夜登歲寒樓即此送別

星明天撒沙，月暗夜轉午。樓燈出林末，磴石了可數。三椽架此間，何似在江滸。唧吟作宵分，餘勇猶可賈。不厭夜來客，烹茶烙巖乳。許君游夏行，頗勝吾參魯。船官二十年，秋興發公府。林有《公府秋興》詩。君尚懷瓊瑶，正我進脩脯。吾寧求高飛，假此養毛羽。回思辛丑春，結伴依僧宇。予於辛丑同林宰平、程郁庭、陳易園、李石芝讀書於積翠寺。空庖寒菜烹，十日鳴山雨。有樓今巋然，舊事迷仰俯。君爲滄海别，挂席行聽鼓。同僚有觀槿，那復憂官腐。苦吟戒傷生，餐飯當自努。時還念兹遊，秉燭劇近古。

送東文教習岡田歸國

東邦名宿此淹遲，識面偏逢欲别時。交誼由來重唇齒，生徒長自念鬚眉。寰中飲啄關前定，海上音書訂後期。去去城南近寒食，東風回首范公祠。

東瀛病中舜卿有詩見憶依韻奉答

此生未卜是居休，瘦損猶難貸隱侯。曉起每驚塵壓簾，夜眠時警浪吞舟。匆匆去國情疑薄，兀兀看雲影不留。徙倚樓前身悵遠，霜鴻莫斷海西頭。

炎風送我海東來，看取蠻花次第開。病裏自驚身是客，醉中休信世無才。只因歲晚天常黯，已近春寒雪更催。嬾向園梅問消息，樽前知己試新醅。

橘公以魂南集見惠并示舊臘十三夜淩霄臺看月見憶之作依韻寄答

吟成幕府信人豪，更有坡翁喜和陶。東海又驚除夕過，南天暫放客星高。世間得喪輕蟲臂，我輩清閑遜馬曹。今日移情應更遠，爲添琴志助波濤。

實甫觀察有《琴志樓集》。

案：一九〇六年陳寶琛作有《冬夜同行陀看月鄰霄臺寄懷嘿園日本》詩，見「師友贈答」。

答肖韓冬至書

淩晨展君書，紙尾署冬至。三舍語誠諛，一鼓作吾氣。寧知別後心，惻惻陳正字。時清湘新逝。顔如春酒温，身共秋花墜。孤孀賴存活，似此非小惠。微聞橘洲翁，念彼亦不置。弔喪與題碣，橘公弔張黄齋、肖韓題林廉孫墓碣二詩，皆沉痛，爲時人所誦。篤舊久無僞。交遊盛生存，往者歸捨棄。挽君入洛衣，先訊還山轡。舉國信膏肓，斯民盡凋瘵。政亦祈龍宫，秘方冀嘗試。時方議派生來東習實業。如何三年中，閩疆屢易帥。

寒食鎌倉道中

柳不成絲草帶烟，何期海外有今年。輕雲冉冉籠層巘，宿雨匆匆畫一川。已分陸沉身更渺，未忘家祭意徒然。故山往歲吾能記，唧紙饑烏下墓田。

遊江之島襍詩

短衣登前途，朝食果我腹。霧雨正濛濛，荒雞鳴喬木。杉松鬱蒼蒼，邃密望卻步。來自此山來，去失來時路。小雨如細塵，民貧亦茆屋。襆被走天涯，夜來何處宿。睡醒聞傳餐，推□燈照席。東人善周旋，道我客中客。平生厭入寺，此意衹自曉。大佛踞山門，視我但藐小。結幔林陰中，蠻姑好結束。活火剥生螺，海波映盃緑。島邊嬉群兒，生小諳水性。一躍入波濤，錢重輕身命。撫石一盤桓，房有壑若琖。濯足污清流，取以洗兩眼。洞口迴狂瀾，架橋通幾曲。躡足臨幽深，著佛常秉燭。異鄉逢清明，客子醒酒宿。柳緑未舒眉，小桃初破口。

日比谷公園晚眺用寒食韻

眺盡平蕪見暝烟，怕從歸燕訊華年。流天一笑輝孤月，到海無邊恨百川。靜覺朋交皆有道，坐疑吾分孰當然。鄉園穡事難重問，陽羡何人更買田。家書云，福州被潦。

上野公園看櫻花

去年鋤梅南山麓，炫轉紅粧映修竹。今年墜落坐蠻鄉，天遣繁英伴幽獨。靜如娟女無人見，一株暗傍牆東宿。主人勸我遊公園，意別有在難明言。繽紛爛熳忽相映，失喜海外逢桃源。寸根萬里信難置，酒面重來被花記。翻疑日薄斂浮光，更借風微見芳意。世間尤物易招妬，狼藉天涯向誰訴。遊園客比住枝花，祝花能得多時住。彼都人士説向島，綵雲十里長隄道。方看滿眼鬭芳華，疾雨飄風劫何浩。明年會有盛開時，未許歸人識懷抱。

夜過日比谷公園

池水黑如漆，燈光濛若烟。夜寒來看菊，菊外是霜天。

繪亡婦蘭生小影畢綴題

爐灰冷徹篆無烟，愴絶瓊花近五年。舊宅昔曾吟宋玉，緑陰今更惱樊川。儔中可語今餘幾，夢裏相逢故驏然。腸斷天涯緣七字，碧池荷葉正田田。

案：先嫡祖母郭氏，諱鳳梁，字蘭生。侯官郭蒹秋（柏蒼）孫女，郭鹿泉（溶）第五女。一九〇二年農曆六月十四日因生先嚴（諱大馥），以難産亡。

秋日過西湖開化寺

空林寒鵲晚啁啾，百事何堪念到頭。行哭行歌成獨往，成仙成佛杳難求。茫茫來日方如海，黯黯詩懷又近秋。便與僧人道吾意，借將四大看浮漚。

山居不寐枕上率成一絶

靜無人處墜離憂，三載江心幻一漚。記向船窗説偕隱，春波油碧懶回頭。

彰德道中

親朋南北兩相望，電掣飈馳意亦强。宥睡我思高枕樂，燒田人笑坐窗忙。平原落水迢迢盡，山市明燈漸漸張。暫就道旁謀晚食，此身此日是他鄉。

波圓。

舟中口占二首

臨流祠廟晚蒼然，今日看山始坐船。無雨無風江上望，霜禽斂翼白

黄州。

不行未是但夷猶，風物凋疎似晚秋。勝地悔從佳睡過，撩人擁被説

漢口夜發

旅邸易爲睡，瀕行睡不曾。月痕轉高樹，霜氣接疎燈。人語隨車遠，雞聲拆屋曆。征塵暗相襲，笑客亦何能。

入都之翌日肖韓以詩索和依韻奉答兼訊陳大徵宇

杯酒江樓别，江望各一方。除官見風節，看俗抵毫芒。歲晚思求友，知微感食場。英多在公等，握手意彌長。

詠孟蜀主鴛衾

煌明帳色勝油幢，終古繁華屬錦江。鏡殿夜寒霜拂瓦，燭臺花落影迷窗。恩情未許温諸弟，鼻息終須仰大邦。夢裏興亡三幅帛，有人草表促修降。

橘

田舍風光過晚菘，連塍寒日作行紅。兒童一笑霜初落，奴婢千頭歲又終。春事鬧時高得值，人烟深處屢歌豐。吾鄉諫果君知否，甘苦雖殊品則同。

駱駝

自辭蕃落入王畿，看遍僧人盡賜緋。入廐頗慙儕上駟，刺天未擬逐群飛。清晨鈴雨聞三里，斜日鞍峰占一圍。闕下輦塵無限熱，此間樂豈不思歸。

栗里道中

薯蕷人家足晚收，柴門斜日枕危流。同遊有客皆能賦，到處留痕剩刻舟。徑草已迷陶令宅，社蓮猶話遠公遊。詩成更憶螺江老，別久匡山未白頭。

秀峰寺看竹

寺門看竹費遲疑，一別雲棲負後期。勝境那知隨處有，綠雲成海立多時。

宿海會寺贈超峰上人

天西日落尋高僧，遮門修竹看龍騰。遠來正逢六月溽，下視老綠低連塍。我家閩南枕山麓，腰腳夙負登高勝。吉祥往還蘇玉局，香積吟詠王右丞。寺名海會竟有屬，想見巖壑傳千燈。爾來參佛到者罕，疎林風動空鬅鬙。白蓮受月白勝晝，夜氣清爲吾曹增。無眠老衲話兵火，不有廢者誰歟興。血書華嚴泥我讀，衆生疾苦仍相仍。山門一閉謝人事，故遣泉響長呼膺。玉淵神龍晝作雹，天意未肯消堅凝。

觀玉簾泉

玉簾墜人寰，行跡斷五載。長洪勢斗落，澗谷禁樵採。初疑玉淵移，繼恐三峽匯。逼觀濺流澌，暝目泛滄海。洗肝若無餘，屏息不少待。迴光映赤日，蒸氣成五采。何年水府神，過嶺啣白鎧。震響鬪青冥，勝以勇百倍。遲遲返虛寂，毋乃意有在。長持冰雪心，閱人玄鬢改。

易園自日本來遊匡廬同至潯陽一宿而別

短枕江城夢易回，宵中殘柝更相催。故人意氣傾湖海，亂世文章賤草萊。風外一帆吹客去，雲中五老爲君開。得歸誇向家山說，新自匡廬絶頂來。

下廬山留别王夢湘太守

玉堂殘夢杳如烟，占得名山吏亦仙。官燭清光分讀晝，别筵涼雨遲登船。招邀劫後三千里，管領人間第六泉。多少龐眉老尊宿，望公旦暮過棲賢。

遊黄龍寺聞濤園買山已定賦寄

累月相磨但以詩，風流儒雅似吾師。移來緑淨庭中月，照見黄龍寺外時。大府禮容君獨簡，先臣名德世多思。買山已在雲深處，倘許黄童作住持。

題濤園百步廊

弋者弗施矰，終日不獲一。饑人不力田，空夢飯甑溢。平生妄任天，所有或坐失。居處理亦然，一勞得永逸。使君真達人，冥悟生築室。官園誠荒蕪，湫隘非本質。蓬蒿長如人，坐使心自窒。拆墻搜深藏，遁景收夙昔。將作規三旬，迢迢廊廡出。其間可百步，繩直況無匹。結構惡迴環，正自見坦率。對牀老兄弟，千里慰抱膝。匝簷宜修篁，畫地待霜橘。尊前得月遲，林杪覘星悉。柝巡聲漸低，燈遠光逾密。如雷殷夕蚊，方暑咽秋蟀。風微響屧稀，寒重單衣慄。琅琅誦坡詩，味徹中邊密。築臺名超然，意亦圖脱桎。使君真達人，千載一作述。

東湖泛舟和歐陽笠齋韻

湖蕩荷時恣幽賞，佳月籠雲漸西上。亭亭緑玉接天流，嘉招未至心先往。停盃解纜向空濛，滅燭登船玩晴朗。林陰隔水清可呼，西山於人如夢恍。石橋南畔柳摇村，燈火人家自三兩。浩歌欲動銀河波，炯炯雙眸豁秋爽。叢中墜粉已淒迷，畫裏紅裳方偃仰。游魚時出亂湖紋，聽琴更聽敲棋響。舟中有圍棋者。感君坐我四壁花，種藕濬湖行可仿。吾鄉小西湖汚塞久矣，比年有議濬之説，今不果。漪漪十頃玻璃風，願借移歸就虛幌。天西斗柄已横斜，并岸何人更飛槳。莫從玉宇話高寒，此心久作江湖想。試看我友善歌詞，清聲可續鉛山蔣。幼士善填詞，同時有紀遊之作。

瞻雲寺席間呈胡蘄生年伯

承平朝事從公話，張陸忘年意有加。三宿浮屠驚仿惚，一塲春夢感繁華。雲山短杖新行藥，風月胡牀舊建牙。五老昨宵成約在，重來嶽頂在朱霞。

棲賢寺呈栘蔬學使

遮道村氓半白頭，指看官府至無騶。神中舊挾滄溟氣，夢裹曾爲汗漫遊。坐石雲開山北向，聽松風急月西流。山僧若問君家世，第一清華屬子由。

橘師招同又點宿永福小雄山聽水第二樓各賦二律

先生到處行窩卜，江海歸人正要閑。暫向鄉山親夢寐，卻勞地主事盃盤。相撞哀玉緣誰激，半隱圓蟾澈夕寒。一宿便行殊自惜，幾回欲下更憑欄。

杖履追隨過十秋，還期突兀第三樓。起居到處爭相訊，出處何人敢代謀。林密卻疑行不至，春深預以別爲憂。此間吾土非吾土，長得招攜豈易求。

重遊豫章橘師送至馬江而別感謝賦呈

烟水蕭蕭蘆荻秋，論詩人散促登舟。江空共作蒼茫立，風利曾無傾刻留。但覺曩時皆可惜，未知遠道若爲酧。四更潮落天深黑，一點船燈指橘洲。

曜孫弟自汴寄詩依韻見答

病榻經冬苦枕書，維摩持較定何如。臥聞晴雪方爛熳，起視層陰一掃除。入洛共看車挽鹿，過江肯歎食無魚。殘年兄弟遥相憶，恨欠東西廨並居。

案：曜孫乃先祖堂弟，諱懋昌，道光進士黃拱之孫。邑庠生。

題肖蝓小影

老屋城西話夜闌，一觴黃浦屬春寒。淡交情味逾難忘，久別形神正耐看。我友平生矜跌宕，同時諸彥略摧殘。江淮作吏歸來日，寒食梨花要盡歡。

憶都下陶然亭之遊寄懷芸溆

葦枯舞雪下聯翩，負至西山插鬢邊。巡酒未終輕一別，茲遊如夢忽三年。身閑每憶同車出，歲晏惟思引被眠。不向宣南覓相見，江湖猶客自關天。

感憤 常徽奏事

讀書不適用，陳義且百漏。而況不讀書，所言求免詬。太宰任九職，曠職乃矇瞀。未聞指與臂，視可等疣贅。懲羹而吹齏，所見更鄙陋。王臣遍九土，軒轅此遺冑。原其致身志，豈爲若上綬。生逢堯舜君，稷契思佐佑。緣何策明廷，域人以自囿。競爭與生存，厥理要悉究。欲絶三頓仇，靈府戒自寇。幹强雖所期，枝弱未可驟。因思滑稽諫，矯激副匡救。子豈其徒歟，用意此深厚。若然誠公忠，不然當自咎。看看寶侍郎，整頓人才奏。

讀寶竹坡侍郎奏議

一篇迸作楚騷看，憂國如家此寸丹。風雨掩燈眶淚熱，人間信有獨醒難。

焦頭爛額未無人，有子同歸地下身。兩卷兵間尋託付，臣家端不負君親。

火車過黄河鐵橋

流冰薄薄展朝晴，初日籠雲未逡明。豈有世途容屏息，全憑人力象生成。餽糧自古艱籌策，畫界由來失定傾。一瞬渡河談笑意，如山憂患底須平。

挽葉肖韓侍御四首

故人死可惜，君詩前亦云。今有惜君者，獨愁君弗聞。哀鳴聒衆耳，鳥苦求其群。孤芳靡不頳，蕙歎蘭遭焚。傷哉經世志，墜此三尺墳。黄土胡不仁，坐令逝者勤。遂亦失此友，注淚看蒼旻。

五載共里閈，三年同學堂。所矜各未老，我壯君方强。相從較文藝，炳燭光照廊。忽傳葉夫子，抱經歸東裝。諸生送其行，鳴鳳將朝陽。未舉乃折翼，寸刃割我腸。昨歸過丙舍，白日方茫茫。

昔年居京華，飛書招我至。客行遲河梁，費子懃懃意。下牀一握手，萬里此同氣。看花兼養心，導我入僧寺。別時願甚奢，再見可立致。墨突本不黔，君以言爲戲。言在君不存，此情若夢寐。

分明夢中逢，顔色慘以白。渾作病時看，不記生死隔。所嗟夢太短，去我亦已迫。不然將牽裾，一訊宅身宅。恢恢脱塵網，倘免爲形役。醒時檢君書，字字見魂魄。悲從書中來，悲罷喜有獲。

聞東湖園邊海棠盛開至則殘矣

未及花時爛熳開，韶光如此一作「落英狼藉」。萎蒼苔。殘粧宿酒扶無力，華屋金盤喚不回。乍暖作寒寒作雨，嫣一作「斷」。紅成紫紫成灰。看花閱世原同意，負手風前忍獨來。

案：此詩亦題作《海棠謝後作》。林庚白《孑樓詩詞話》云：「閩人黃懋謙，有詩才，爲遜清遺老陳弢庵之門下士。其詩什九描摹聽水，然亦或青出於藍。」並録海棠一律，謂「詠物詩中之上乘也」。

壽何爲楨封翁七十

猶及登堂捧此觴，壓裝詩以壽人章。舉家清德宗求典，時論諸兒媲孔楊。佳日酒香南菊灎，長年鬢影越山蒼。里中避道知何謂，杖國精神愧與量。

歲暮旋里道出安慶宿畬曾角江樓鄉人咸來會飲酒半畬曾出畫像索題賦此識別

久於江國宦爲家，點點吴霜作鬢華。畫裏吟身偏戴笠，客中勝會若摶沙。課兒書幌燈常炯，補樹鄉祠臘有花。公倡修福建會館，事甫竣。宣統紀元冬夜到，歸舟臨發思無涯。

入山四首

春初還家山，挈弟及兩僕。挂帆上江路，駛入清溪曲。水紋散魚鱗，烟篠傾醽醁。畦蔬足新雨，一一皆可劚。鳴鳩三兩聲，鶺嗅來與續。近遠不能量，吾行倘高躅。

捨舟而登陸，石路轉忽窄。雲來失山面，倏復露山脊。天風飄衣裾，□若鳥振翮。疾行趁夕暉，下俯瞰寒碧。我本此山人，久爲塵網隔。勞生知未涯，暇亦留此隙。安得掬溪流，借人洗肝膈。

李花開正繁，樹樹密雪著。相攜一樽酒，隨地取以酌。因緣記所見，何物堪約略。去年三邨遊，紅白桃錯落。春光若燕尾，過眼祇一掠。他時念李花，料亦今視昔。流連信無益，未忍見啄雀。行當爲此花，枝枝繫鈴鐸。

上墳繄何人，澆酒碣猶滴。紙錢飄悲風，不救泉下寂。我生兩兄弟，連歲先塚別。麥飯毋親將，小孫與提挈。比聞丞相坑，新松已成列。假歸闕奔視，歲晚阻風雪。行路空悠悠，見人親奠醊。

宿永福縣城示邃園弟

弟兄遊跰作風漪，離合中間最可思。山縣同牀十年後，夜燈聞雨四更時。祇因久客違鄉井，莫遣呼饑損羽儀。一別固應留約在，白雲巖壑共棲遲。

案：邃園乃先祖堂弟，名承潮。邑庠生，早年留學日本早稻田大學，民國間任永泰縣縣長。

新晴見山

藏山日日在雲間，清曉飛來一破顔。用意天公誰會得，故教晚見誡遲還。

獨遊姬巖達旦不寐得詩書壁而去

傾身自障殘書篚，結念常於山水熟。層巒廬阜如列眉，崩浪翻湖猶眩目。千里新隨臘雪歸，昨宵暫向家山宿。覺來決決走清風，仰視蒼蒼合高木。心知高處是姬巖，屋後山前看反覆。我身久坐不歸山，姬巖未見空慙恧。輿行漸近巖更遠，故作迴避嘲奔逐。逡巡不出意休怪，次第將呈勢先蓄。昂藏石廪忽在望，一笑已在巖之麓。冥冥龍洞足藏珠，蕩蕩天門堪轉轂。寺僧下迎試熟睇，握手乃道諳吾族。平生數典祖豈忘，是處讀書私所淑。巖有鬟翠樓，爲九世祖中允公舊讀書處。巋然樓在亦天意，成江何限嗟平陸。兒鹿經行槲葉新，饑鼯暗竄松枝禿。佛幡風動散空花，仙竈烟銷産叢竹。山蔬入座供晚膳，巖緑浮杯丐餘馥。凭欄瞭覽值晴明，千山萬山皆俯伏。聯翩展翼若翔鵠，洽比隨肩看走犢。有如激水起渦盤，更擬輕風漾羅縠。僧言巖頂當春令，洩霧噴雲常半腹。人行對面或不見，萬象森羅君眼福。吾儕南北久隨緣，塵土衣衫差可掬。尚虞放浪集詬病，豈有精誠通禱祝。茲遊得遂願亦夙，簷際疎星明煜煜。衆人皆睡醒吾獨，宵吟何苦驚僮僕。

萬籟沉時惟有瀑，木魚一動傳僧粥。

白雲鄉元夕拜祭家廟

燈光月色正交輝，鄉里兒童訝晚歸。六葉清芬生耳熟，吾黄唐自固始入閩，居虎邱，世稱六葉黄氏。百年潛德世知希。粉團齊列村循俗，爵數休辭屋近依。祖宅即在祠左，俗呼爲土頭厝，十一代居此。迸得幾生消此夕，明朝蕩槳又如飛。

將入都寄懷觚亭 亭在南昌章江門内

一春江外霏霏雪，六月城頭日日風。使者賢勞賓從美，登臨詩寄北歸鴻。

大樟舟中與邃園弟夜話感念舊事

丹荔黄蕉貯滿盆，夕涼來叩竹間門。不逢共載扁舟夜，舊事何緣得細論。

將赴都阻雨宿塘前鹽埠

嶺樹含烟綠，溪流帶雨渾。寒塍過犢影，幽谷送禽言。帆密猜歸路，樓高蕩客魂。欲行此還止，何處一都村。

七月十九夕龍泉庵坐月用橘師韻

松影泉聲共一寮，四天雲翳夢邊消。沉沉池水涵孤日，記向山中過雨宵。

從遊蹤跡遍鄉山，中隔西江數遣還。今夕聽泉重有憶，龍潭齋占竹陰間。

宿岫雲寺呈聽水師

蒼松迎面作龍盤，徑盡琳宮煥堊丹。逢石便摩生苦晚，升階久立夕增寒。筧泉聲細通僧舍，盆桂香飄滿佛壇。一榻月華山影裏，累師思舊發微歎。

遙岑。

由岫雲往遊龍潭示宰平

共來斜日出幽尋，歸見高林作暝陰。橡斗無風時自落，竹叢向晚坐逾深。潭深水冽渾宜茗，路轉峰迴正費吟。明日王城又人海，可無清夢戀遙岑。

石舫招同問神億生看三村桃花時伯巖往遊已先有詩因次其韻

芳時看花常恐遲，開牖望日見雨絲。滿前新緑非不媚，涉旬庭院無晴暉。有桃千樹隔一水，夢見境與心交馳。連晴三日豈所意，天公號令斯稱奇。陳侯榜舟待衆客，清波泛影驚春鷺。舟行漸遠樹漸近，間以淺白相葳蕤。短篷暗轉背古塔，危石屹立呈豐碑。雜花粧草草貼地，此間雞犬聲皆稀。一村告别二村見，舟水收楫遙相隨。水邊弄姿苦晼晚，柳抬倦眼紛潛窺。佳人酒薄紅粉膩，天女冠重珠瓔垂。紙叢半複欲噴霧，高枝迸出爭迎曦。不愁亭午炊未動，端合爲花來忍饑。三村既盡欲觀止，俯視輕浪方參差。避喧一宅占人外，樹陰如蓋長垣圍。我笑主人亦是客，似此爛爛付與誰。獨慙荒落荷寬縱，得以公退從遊嬉。過江三見改新火，景物未覺今年非。花時得酒致可戀，風光如此休辭巵。茲遊倖免天所阻，何以慰答朋友私。群公盡是吟詠侶，出遊寒食追退之。繁香蒼昊緩收拾，叮嚀留取醒心脾。因思天寧看芍藥，京塵高漲衣緇纇。舢稜迴望在天際，郵筒近寄江南詩。

春日無事雜取宋人詞句畫紗作燈

宋詞詞意最纏綿，綵筆能傳勝鄭箋。託月烘雲輝素壁，殘山賸水照華筵。風凋碧樹成無那，雨打梨花絶可憐。幾個黄昏消得未，畫師牢落亦華巔。

未解倚聲教點筆，故依燈影作清閑。草窗石帚招呼遍，片玉梅溪俯仰間。乳燕自飛見華屋，行人何許貌春山。汴京斷景飄零盡，蠟炬籠紗淚暗潸。

後街燈市

龍公收雨作晴天，放出街西影萬千。糊紙幾番符吉語，觀光百輩澀囊錢。行人猶説兒時盛，元夕惟憂短景遷。來往楊橋橋畔路，個中誰信送華年。

臘中遁影歸何所，轉眼高懸盡出簷。一鬭聲同花上擔，兩行光掩月開奩。夢痕不改承平舊，心賞難教雅俗兼。門巷會潮過夜半，魚龍寂寞雨廉纖。

案：陳篤初《還爽齋詩集》亦有以上二題，蓋爲閩中詩社雅集所作，時在辛亥正月。《後街燈市》「來往楊橋橋畔路」句，以會城三坊七巷之楊橋巷入詩，頗饒逸致。

元旦甚雨且雷

客冬人意暢連晴，除夕明燈夜色清。及旦天教新令出，發春先作不平鳴。重陰歲首能無感，積潦階前莫便成。欲起龍潛潛弗起，更防啓蟄及蚊蝨。

霆。暄晴隔歲成追憶，滴瀝連簷奈厭聽。我亦蠕蠕群動一，屠蘇濁酒醉初醒。

世人每喜談符瑞，此獨何祥作晦暝。四海方新頒曆日，九閽猶隱送雷

將北行仲良乞予吟局所得紗燈因以一詩繫之燈爲愈予所繪碧棲題以宋人詞意者也

周郎畫筆王郎字，燈事匆忙近一旬。持贈與君參轉語，春山如許我行人。

夕陽嶺

夕陽人度嶺，嶺本夕陽名。高閣秘深翠，長松挾怒聲。看田憂積潦，聽梵識開晴。景好黄昏近，無爲緩緩行。

浦城秋夜

倒影浦雲光切漢，一鈎新月復微明。沈沈不耐惟長夜，惘惘相看定幾生。枝鵲翻飛風力峭，竹螢開闔露華清。此情此夢還疑醒，坐聽荒雞報五更。

浦城縣署有園同履謙枚生各賦一律

病中記返潯陽棹，不踏官園近五年。且喜故人來作縣，轉從異地共遲眠。兩行密樹垂幃葉，一道明河瀉水天。茶熟不須分主客，羨公猶得説歸田。

出南浦新橋過鷹武殿觀醮

浦橋流水去堂堂，偶逐遊人過道場。今世沉冤向誰訴，九幽披苦底猶忙。爐中獸爇香檀炭，殿角鴟啣墜日芒。來結勝緣更惆悵，但論風俗似吾鄉。

水吉道中逢亡婦忌日愴賦

瀐泉淚盡無消息，行路艱難只自知。有子十齡能念母，每年今日輒唧悲。紙錢盂飯尋常甚，黄壤青山道路歧。欠汝累回墳上祭，等閑歸看草離離。

案：「有子十齡能念母」，指先父時已十歲，蓋作於辛亥年。

浦縣衙齋楹柱爲蟻所蝕睡醒嘖嘖有聲枕上口占

此材只合供巢穴，牛鬬深宵撼客牀。物腐蟲生固其理，天教杞梓壯明堂。

履謙以二詩送行依韻留别

定水有波瀾，拏舟況上灘。中流幾容與，吾道本艱難。謗每大於屋，人休家此官。誦公贈行語，抵作座銘看。

聚久難爲別，相逢失路人。衆生同是劫，惡果輒無因。搏兔方全力，窺龍已眩真。幽憂轉禪悅，世界一微塵。

舟中夜讀荆公詩戲其體

宵中視水疑平地，地少人行暗無際。泝流巨火燄如輪，老翁捕魚作活計。魚逃迷火行轉近，智慧翁知要乘勢。春半辭家秋裏歸，歸來塵土滿征衣。網羅到處紛如織，始信收身是鏡機。

予因陳午星兄弟而識陶庵碩庵二丈今碩丈及午星兄弟皆下世陶丈方筮仕粤東而遲遲其行因以一詩促之用荆公送李屯田守桂陽韻

陳侯丈人行，家世夙所識。長公官江右，歸舟輕壓石。阿咸來賃居，近在吾舍北。餐飯每相招，衣履輒互易。引繩弄風箏，纍塔拾瓦礫。公時顧之笑，風前袷衣白。驚呼廿年事，彷佛一朝夕。紀群倏成塵，萬感赴疇昔。入門有諸孤，重負知未釋。胡然爲貧仕，未禄意已颬。欲行首屢回，每語腕輒扼。夫粵本近州，所遇多親戚。蚌螺馬甲柱，鄉味無弗得。挂帆臨秋風，他時見相憶。

感事

要民使信重民疑，誓廟文成或未知。削趾僅求能適屨，附毛幾見不存皮。餘皇歸楚天何意，社鬼亡曹事可危。陪祀更深先帝痛，但成坏土尚需時。

讀史用徵宇韻

鸜鵒飛來弔上皇，橋上痛後政無綱。儥詩不見論誅謖，抗疏無聞議嗣匡。竟使大權歸掌握，獨於聖聽望開張。平昭舊德猶存楚，茅屋終看祀故王。

案：陳徵宇（懋鼎）辛亥年作《讀史》五首，此用其第三首韻。

前題用淨師韻

言和言戰渾無準，此局疑歸醉夢間。塊肉豈堪談赴海，一夫猶足備當關。什邡怨以封侯釋，武穆師原奉詔班。眼底陸沉更誰怨，夕陽笛影看西山。

剪　髮

鄴侯至於眉，杜子垂過耳。今人蓄髮制，與古不相似。頗同龍興初，峻法佐驅使。時會所遷流，法固不可恃。大哉吾皇仁，通變見治理。乍傳降詔令，瞠目每相視。譬猶食賓筵，未敢遽下匕。開先剪一二，繼起亦偶爾。奈何匝月間，剪勢未有已。同官十數人，髮盡剪乃止。予髮稱僅存，欲剪若有俟。戀頭破帽情，那忍棄如委。尋思復自笑，所見亦小矣。巴人靡靡聲，持以配下里。曼胡短後俗，獨與劍士邇。習尚雖幾微，幸存各有以。髮之附吾身，無用等枝指。延長作羈絆，裝束窮比擬。四鄰發嘲弄，醜也信非美。大同洪範詞，從衆宣聖旨。一朝決舍去，昨非而今是。南窗納晴旭，盆水清瀰瀰。翦除煩惱根，輕鬆稍可喜。詩成亟自寫，硯暖春生几。

呈淨名先生二首敬用原韻

投耒去學仕，沉吟陶五言。胡爲戀薄禄，拂衣辭邱園。圓圓中秋月，照我入國門。江亭經歲別，葦間欠一尊。坐傳四海沸，起視八表昏。皇天畀兵禍，降霜忽已繁。歷陽寇蘇峻，姑孰反王敦。遂令議和使，亦作竊邑奔。孰云長安樂，横流託萍根。

乾嘉有詩老，師嘗爲我言。廿篇靈源洞，一龕雙駼園。接引豈所期，欻然會都門。行輩百年上，贈什猥降尊。維時黑無月，當户參横昏。瓶笙合詩籟，靜室細響繁。服膺成風義，敢不志節敦。隅谷日未匿，夸父終追奔。蒼松化茯苓，恃有千歲根。

石遺丈歸里有庭梅方開約梅生彈琴之作依韻寄石丈并訊梅生

鄉山到處早梅開，報道梅開詩亦來。遠客乍歸發清興，鄰家時就契深盃。絃聲繞樹涼蟾靜，霜氣流天朔雁哀。重記碧棲傳誦句，此花狼藉似人才。

緑淨亭四十韻呈遯叟並寄濤園

沈公宦粵年，結構手初試。緑淨顏其亭，吾師詩以誌。所惜天一涯，往遊託夢寐。人間信何世，此響乃有嗣。遯叟隱王城，書叢氣靜邃。僦邑舊有亭，兀坐不錯意。命名偶取適，豈以雷同棄。故人昔嶺海，雁杳聲闕寄。一遷南昌伯，再起黔中帥。氣類之嚶求，應以兩題字。方爭王謝墩，遽易趙漢幟。軟紅歷兵燹，餘此不唾地。亭前石嵂崒，亭後樹蒼翠。盆蓮風正飄，牆薜雨新漬。丁香開過時，稠葉暗翻吹。隔簾燒沉檀，漾碧見烟穗。露重毛髮滋，皓月忽孤墜。夕涼别置榻，招我數數至。一盃不入口，强飲亦三四。北斗易闌干，愁緒起酒次。骯髒雖自忘，顧不喜譏刺。時論偶有閒，冠履殊倒置。未能定是非，何以别愚智。烈如蛾撲燈，喋若魚中餌。萬矢餇世途，一的在名利。維公久秉禮，出入抱古義。修明三儒祀，籲請五忠謚。十年名教内，爭此兩大事。賢者宜有後，理宜古今異。看看趨庭人，内行盡淵懿。伯也宦海歸，楹書自標識。仲叔皆英韶，青雲藴奇器。同堂諸昆弟，氣質各純粹。朝出暮則歸，執筆環以侍。偨詩偶到我，火廹不可避。我身等枯木，弗燃空鑽燧。又同樊中鶴，未舞已垂翅。欲從公遲眠，起以早爲累。羈絆脱未能，對亭更多愧。詩成訊濤園，期期亭下醉。

庭中海棠盛開不讓法源寺之盛賦柬徵宇

三年三見緑愔愔，絳雪今看綴滿林。時世論粧疑少變，風光被酒昨初深。招尋敢望中宵燭，護惜終須幾日陰。不問人家與僧舍，爲花端合一沉吟。

陶然亭晚眺

塵囂厭久愛荒寒，歲晚江亭一倚欄。暗水蓬根流夕淞，斷雲城角見烟巒。廊僧留客茶初熟，梵鼓催歸坐未安。曾是酒痕狼藉地，憂□痛逝淚氿瀾。閩書至，報澹庵先生新歸道山。

案：澹庵即鄭錫光，光緒十六年進士，曾任福州鳳池、鼇峰書院山長，卒於辛亥年。

喜晤宗孟賦贈

畸人本意即侔天，看向家山蟄兩年。險絶遊身過羿彀，渴深追日到虞淵。世風堯舜難陶鑄，國火檀槐有變遷。按撫睽乖出誠信，如髯心事曲能傳。

聽水師招同石遺丈宿獅子窩

荒榛宿莽晚蒼蒼，三兩疲驢涉一作「陟」。數岡。山半畫廊連棟起，望中渾水帶沙長。風號欲遣寒專夜，葉赭多因雪先霜。信一作「三」。宿浮屠猶自感，更堪人世有滄桑。

就法源寺集禊帖字祝蕫齋師壽

誕生禊會同今日，領取人間是大年。蘭氣自清僧所舍，竹風向静曲無絃。諸賢能作情文合，一老終嗟世事遷。萬感不當隨地寄，相將觴詠契春天。

津門宿薑師寓齋歸奉寄懷之作依韻賦呈

城南雙塔出林間，夢近家江復引還。沆瀣固應惟一氣，蟪蛄不管已違山。方遒來軫喧殘夜，忽振涼飈沁醉顏。奈有鐘聲非梵響，聲聲憶絶萬松關。

案：張元奇《寄懷默園》，見「師友贈答」。

育庭以教育會議至京歸有日矣賦此誌别

年時勸學記分途，款段今看過舊都。殊惜相逢無好語，那知一别有新鬚。鄉邦重事君堪屬，堅白諸儒議自殊。夏末江亭送歸處，連天風雨戰菰蘆。

壽嚴幾道先生

追隨日淺欽馳久，望道終憂未見崖。并代有誰雄著述，群兒妄用奮譏排。風和膢臘春生座，雪霽長安月滿街。倘許問奇還載酒，登堂嚌胔饜吾儕。

贈景屏

塞衢連日雪可擔，矮屋蜷臥如僵蠶。四簷作冰冷徹骨，君獨襆被來自南。下車相視一握笑，雙鬢未禿胡毵毵。别曾幾何遂隔世，燕月照見鄉人談。君持一鑑魑魅窟，詎有遁影煩搜探。紛然兒戲自相貴，蝸爭鼠技言之慙。催科未能況撫字，開門節度長潭潭。監河貸粟縱及事，饟士什八氓無三。滔滔江漢聲一概，塵土亦豈長安堪。同牀夜語恒及卯，孤憤外激悲中含。西山晨來雪又霽，崖堮積玉藏名藍。租驢披氅已近臘，期以卒歲寧爲貪。

案：先祖以此詩贈劉步溪，劉作《次韻答默園》示嚴復，嚴復作《劉步溪以近作見示依韻奉和》，有句謂先祖云：「蘇門執梃有山谷，慧業倘許青出藍。」其稱許如此，時在民國初年。劉步溪名鴻壽，號景屏，爲陳寶琛妹壻。

壽劉宣甫

拒輪治行本宗傳，三宰吴中譽翕然。人海卜居心避世，四時讀易道觀天。飲醇座客應先醉，負笈家兒已象賢。近與阿咸詩事數，喜聆清嘯頌耆年。

次韻答景屏

閩雲千里致予思，命駕能來信有詩。論事每操人定勝，出山偏值歲寒時。譽堯非桀忘尤愈，浴鵠黔烏辯不爲。住固欣然行亦得，郵筒長願陸和皮。

送仲起奉母南歸

曩移子舍傍燕雲，索米雖勞總羨君。重海奉親遽難返，花時話舊復臨分。亂餘世局渾如弈，貧裏心田各自耘。滿目風埃何所祝，一帆穩卸馬江濆。

次景屏留别韻

停都相對無虚日，不飲何由得酒狂。此别海棠留後約，故鄉鶗鴂换年芳。閲人早刮金篦膜，制事寧柔鐵石腸。客裏相逢更相送，飛埃障日作昏黄。

亮奇招飲郭氏園即次其崇效寺看花韻賦贈

風逆旃檀不可聞，夢覺蝴蝶終當分。主人埶巾郭有道，賓客識字揚子雲。入門蒽蒨見嘉植，坐牖彷彿來南薰。一年幾得笑嗑嗑，有酒不飲香氤氳。

衆異招同芷青拈詩牌一百二十字各賦一律

暗庭柳暗半慵眠，太蕩涼風散暮烟。坐賞芳窗疑與麝，步經蕪苑負聽蟬。尋憂思夢迷茫裏，輕粉飄脂懺悔邊。何苦低逢命然燭，羞伊穠冶勝從前。

除日雜詩

貪眠人夙興，未午憂日暮。修蛇終赴壑，惜此須臾駐。積雪皚皚融，暄暖破寒沍。天心固寬貸，僵仆已無數。得食僅能糜，未穤更何袴。遂令燕趙士，亦失慷慨度。

去年較今年，長安若可住。明年念今年，夜寐或驚怖。將圓元宵月，兵火燭皇路。不戢以自焚，此錯果誰鑄。彼昏偏怡然，舞殯而歌墓。禄食我所慙，臨咽輒欲吐。

庭幃隔重海，今夕夢難渡。一家分朔南，師門作寄寓。西頭三間屋，時有風吹煦。階前得地廣，留以待嘉樹。栽花舊有畦，分區借種芋。抱耒向天涯，遊子有春務。

別歲本鄉風，饋歲乏親故。劉侯喜不睡，異稟蓋天賦。爐暗炭作灰，幔薄風欺布。官書日堆眼，餘事及長句。自覘所積厚，軒豁復呈露。守歲戰以詩，敵勁我當赴。

將赴粤西賦答徵宇

君詩贈我行，八載一彈指。南歸復充賦，會合方可喜。瞠後慙同朝，壯盛謂足恃。虞淵忽墜日，積非奪公是。索米吾猶人，正坐一貧耳。誰知蓬累行，進寸退更咫。巢痕傍京國，決去豈得已。平生善我者，肝膽孰若子。舊事隨去多，遠別從此始。昨來意相慰，刺眼見行李。似愁道路長，欲語卻復止。新篇出懷袖，慘惻不忍視。桂林乏親友，而有佳山水。所憂□翰柔，未副遊程紀。社飲冬夜闌，斜街花事美。累子別後思，相望各千里。

與蘦師別十年矣辛亥冬重侍師都下未及一載師復移寓津門以詩還往而已今春予來南寧師有詩見寄因憶壬子北京兵變焚掠之夕予與師及弢師相對枯坐時也依韻賦呈

鑑亭風雨劫灰沉，每對螺江感故林。會合卻逢垂盡歲，羈孤政乏滿籯金。外間玉石俱焚局，一夕安危與共心。重捧寄詩無限思，瘴雲身隔萬重深。

壽郭春榆先生五十韻

封虢官勳大，遷閩地望清。達人嗣明德，王佐應元精。節鉞威行部，平亭作頌聲。重臣傾漢水，生佛領杭城。問字侯巴酒，留書晏子楹。公孫繩祖武，家學挺鸞英。薄海占龍見，初元賦鹿鳴。火然分太乙，風引返蓬瀛。郎署迴翔久，客臺職掌宏。皂囊防洩漏，彩筆善縱横。擬議綸扉制，追陪浴殿行。中躋卿寺列，終秉秩宗衡。嶽瀆司行祭，句萌從勸耕。廿年宦京雒，一夕起欃槍。曹社方謀鬼，潢池竟弄兵。邦家瘠於魯，憂患溢爲縈。剋日軍符集，如雷戰鼓轟。連雞紛列戍，猛虎遽相攖。玉輦傳西幸，麻鞋賦北征。故交孰孫宰，暮至類荀罃。汾水秋風騎，蒲城落日程。雲胡空掌蹠，玉女但蓮擎。揮涕趨行在，關心問舊京。運謀長柄麈，草詔短燈檠。再造恢王業，由來仗國楨。中樞費調護，半壁幸支撐。飽飯千官集，迴鑾故老迎。播遷幾失墜，粉飾復承平。惡草雖經去，孤芳忍自呈。論功高百辟，行讓謝三旌。親舍思嚴瀨，軺車貢魯生。諸儒從祀請，一疏恤忠爭。願作朝端氣，寧圖日後名。倘教安忍隱，未免愧誠精。江漢潮聲沸，檀槐國火更。攀髯餘夢寐，啣闕尚崢嶸。實録酬恩切，崇陵望拜怦。移居陶靖節，作賦庾蘭成。壽考君家券，耆英末座觥。康强卻丹藥，和靄逮孩嬰。海色澄南極，秋光送北溟。是非存史筆，黑白付棋枰。仙界亭開幔，華筵柱動箏。德門齊佩黻，令子襮璣珵。雜遝雲璈奏，清虛月鏡瑩。眼揩坡歲坳，耳順白詩賡。于麓樓陰矗，烏山塔火明。客懷棖燕雁，鄉味憶螺蟶。韓李年家契，蘇程中表情。袖詩當一哂，樽酒祝常盈。

媿室師生日畏廬丈設祭寓中子益丈濤老芝老均至及門中至者耕愚宗孟魯生石孫孟魯並余六人賦呈諸長老兼示同學諸君

極知此會關風義，不似吾齋祇茹悲。淞水驚心同病日，師在滬病亟，聞予大病在贛，就枕上作書寄訊。梧州忍淚獨來時。昔歲佐桂幕，舟過梧州，距師下世六載矣。十年又向蹉跎過，再拜深辜夙昔期。三五門生相對處，潁濱衰鬢亦成絲。

重九遇雨憶歲往天寧寺之遊用翼牟韻柬瘻公敷庵昆仲兼懷石遺閩中

回眸京國七重陽，不待憑高意已傷。雨點斜侵窗背白，秋容盡變樹梢黄。浮屠會合懷前例，節日朋儕欠一觴。寄向皆山樓上訊，世間何物勝還鄉。石遺歸里，築皆山樓於宅中。

讀史

京師痛恨崔丞相，急詔無端召汴兵。萬乘之尊供劫奪，尚云功罪未能明。

壽沈濤園中丞六十

節樓高俯馬江水，列几吟聲夜中起。賓朋稱盛□船司，姓氏家髯留集裏。先伯父子穆公，在文肅公幕府。髯辭幕府宰西川，歸有清風動閭里。執轡君爲公子恭，看客我作兒童喜。日月駸駸車走坂，中年旅食江湖遠。官舍南昌百步廊，輒爲磨詩設餐飯。指撝談笑苦未足，日入座客催燃燭。當君得謗大於屋，病足吾方困牀褥。使君歸臥臨江干，客子天涯過歲寒。巡宣再起不辭遠，黔雲萬疊山巑岏。滬上同舟三夜語，分手潯陽暮天雨。登程記共鄭與何，叔昭、枚生。室暗燈昏坐逆旅。何郎端策爲占易，不待星量定開府。先臣功德在人口，節鉞傳家固其所。闊别心知從此始，貴陽書至常連紙。割俸曾叨司業錢，食貧免乞胡奴米。此義今人漸亦無，令我感歎何能已。兵塵煽動玉步改，車下橫流看滄海。遵循漢臘理盃盤，諷誦唐詩消磊魂。復土已報崇陵期，臣也會葬休來遲。易州悲風吼終夕，凍合瓦屋冰生髭。國門再入頓隔世，大雪汗漫天爲篩。共搔短髮飲燕市，此是亂後相逢時。自茲間歲每一至，至復倉卒回驂騑。公才卓犖世所驚，久矣著作流聲名。不爲世用取自適，正坐喪亂非承平。淞江十月尚暄暖，想見筵開酒觴滿。偶隨林下主孟賢，玉立諸郎盡圭瓚。沈黄昏媾歷兩世，更借賓主通誠款。離合聚散跡可思，詩成心逐南鴻返。

哭四兒大芳 庚辰二月

蘊疾如伏兵，伺隙乃環起。何時中肺疾，嘔血忽不止。針砭與藥石，治法本角犄。西醫術類同，汝謂説多詭。院醫屢勸打針，兒堅卻之。就醫當月中，舍去或月尾。半年歷三遷，去死遂益邇。書來尚寬我，謂愈行可俟。內熱久不除，終恐入腠理。夢魂去撫汝，飛落景山趾。醒來若我隨，病呻悦在耳。家人秘惡耗，慮我傷膺肺。一哀劇新割，撫跡盡瘢痏。汝非無服殤，微事有足紀。育英受軍訓，行歌過都市。書生短後裝，一洗文弱耻。蘆溝燎原火，西苑坐披靡。賴能早脱身，免作兵死鬼。三年前，兒由育英中學往受軍事訓練，住西苑營房兩月，蘆溝事起，當局知兵禍不免，提前畢竟，歸未旬日，而西苑營房燬於礮火。歸時面團團，鄰舍爲驚喜。往者吾南征，襆被汝料理。傾身事繩縛，膂力壯無比。勇敢實勝予，致疾或以此。讀書就輔仁，大學從此始。兒肄業於北京輔仁大學。輔仁重西文，國學稍近鄙。抽閑歸自修，餘晷苦無幾。架書時偷翻，兼復采坊刻。近耽率更帖，大字妙摹擬。病發前一宵，讀孟猶亹亹。愛憐失調護，愧爲人父矣。離家去療疾，曲徇我意旨。果知療無益，奚若聽行止。馳函許汝歸，事在正月底。汝歸只傳聞，隔我數千里。家居揣較適，慰情亦聊爾。寧知不十日，倍瘦至形委。花朝先兩朝，變象集辰巳。氣出細如絲，汗下瀉若水。遺言寄訣父，哭倒兄與弟。臨終兩行淚，緣盡情詎已。渴葬傷吾心，擇地幸如坻。片碣蔡家樓，清明紙灰裏。大兒書云：四弟墓碣清明可竪。飛函促阿寶，攝影付急遞。喪明我知免，忍淚强一視。無窮天親恩，愴痛迫衰齒。骨肉疊摧殘，觸憶汝伯姊。琨女亡於前年，亦廿三歲。兼旬斷汝書，驀地報汝死。他生如可期，再來作吾子。

案：先四叔黄大芳，北京輔仁大學經濟系肄業，一九四〇年因肺結核病故於北平。詩中「大兒」即先父黄大馥。「阿顏」即先五叔黄大顏。「琨女」即先大姑黄大琨。

默園詩拾

默園詩拾

永泰　黄懋謙　默園　撰
長孫黄以𩢡
福州連天雄　同輯
百色黄任鵬

呈媿室夫子　戊申（一九〇八年）

群飛方刺天，正士遭一斥。先帝稱奇才，進用輒弗獲。朝廷誠清明，讒口或抵隙。吾師性嫉惡，奸黨驚褫魄。臺諫置其才，詎不勝拱璧。如何終墜淵，不得鐫朝籍。鷙鳥雖云多，忍以鶚與易。彼亦有是非，但笑可勿責。堂堂出國門，舊是二千石。行藏細事耳，曠典致足惜。謙也今長大，期許負夙昔。前年來叩門，門外雪一尺。自從客江海，蹤跡遂暌隔。今年秋正中，握手在牀席。十年三兩面，欲語各鬱積。夢縈黄浦居，海氣穿窗白。

和纕蘅同年兼呈詩老 辛亥（一九一一年）

年來宦海六揚塵，僚底浮沉未敢嗔。賴有兩公知此意，等閒商略作詞人。

燈社第三集用嘯麓曹長韻呈社中諸長老 以下丁巳（一九一七年）

社事鄉園費討論，觀燈舊夢與重温。蒼髯偃蹇風前影，翠羽啁啾月下魂。點染丹青輝素壁，追陪耆宿倒芳尊。宣南七度過元夜，梁燕安巢未換痕。

弢菴師七十

掃盡巢痕舊，經筵鬢未殘。恩榮叨賜杖，强健見加餐。海屋含滄趣，松心共歲寒。閑情吟寄内，爭作白詩看。

重遊戒壇潭柘二寺得詩八首 以下戊午（一九一八年）

前遊垂十年，無恙此僧寺。石廊列衆松，松各有名字。尋思半已忘，一二尚可記。臥龍與禮塔，再見定何世。世變寧有窮，未識吾生居。若以七十期，猶能三度至。

飽飯及亭午，六龍光照衣。寺門出憚暑，佛閣瞻峩巍。升梯輒住足，觸處生伊威。徙倚佛闌干，近山青四圍。紅牆遠可辨，目力開烟霏。回向禮法相，旛錦風翻飛。

屋脊雲如輪，畏雨屢回首。天公忽作劇，小試彈丸手。飛雹亂中庭，敲瓦響擊缶。雨來挾狂風，銀竹散千畝。暗燈望明蟾，滴瀝厭經久。佛宇夜添涼，平分到吾牖。

峰峰新沐淨，樹樹初陽明。披衣起盥漱，清脆聞黃鶯。蒙密來營巢，勝鳴市與城。疑我是俗耳，送我三兩聲。我尚坐僚底，因循失歸耕。南畝不課雨，西山空望晴。

甘心受微辛，回想更有味。羅睺信峻嶺，坡壟復棋置。草木深蔽虧，升降無暑氣。微風松子馨，細石苔花膩。太行來迴旋，渾河入灌溉。凡玆所見景，再至倘予畀。

列輿行蜿蜒，側入潭柘路。繚垣倏到眼，急覓舊題句。昔來秋正中，衣袖濕桂露。今知猗玕竹，寺有猗玕亭，四圍多竹。笑我顏非故。來原持妄身，去那禁回顧。杪欏佛祖林，銀杏帝王樹。

崩騰玉淵瀑，盧山有玉淵潭。雖遠猶人寰。別來夢不到，夢往風吹還。劈山置此亭，其傍水潺潺。散流爲沮洳，積礫成波瀾。龍潭縱稍勝，未足償躋攀。且莫較匡廬，因思吾鼓山。

論詩不知疲，西際漾皓色。開扉望林薄，月痕一千尺。清光臨靜境，近歲無此夕。露冷蟲噤聲，飈振鳥擊翼。薄寒尚能勝，正自得酒力。歸視對牀人，如雷動鼻息。

挽濤園中丞

黔山兵火得歸遲，歲歲秋鴻至有期。劫後論詩搔短髮，夢中視疾過遥帷。尋知叔弼承家善，自失逢原觸事悲。齋壁疑公魂魄在，昏燈遺墨夜何其。

陳仲勉丈七十

去年白髮兄生日，萬里能來欵段乘。眠食已忘身是客，變遷常見谷爲陵。遠歸洲宅環丹橘，一别京居戀紫籐。世俗頌揚從闕略，健遊重望理行縢。

湯山行宮破曉獨步 以下己未（一九一九年）

綠楊黚蕩紫籐低，何處荒雞不斷啼。月墜涼痕猶在樹，雨晴新漲欲平隄。遍尋廢殿無遺址，偶累驚禽失定棲。清景追摹爭頃刻，霞光飛過石橋西。

夏間將假歸止園兄自滬以詩來促予不果行兄之凶問遽至秋宵檢讀遺詩愴成二絶

阿兄垂死寄篇詩，想見憑高憶弟時。日日言歸歸不遂，百年慚痛一遲疑。

夢回彌念未歸喪，淞水寒生欲降霜。消息已隨南雁斷，挑燈緘札訊孤孀。

壽益芝先生八十 以下庚申（一九二〇年）

大椿難老蔭長垂，春酒齊賡介壽詩。矍鑠久欽杖國叟，寧馨況有克家兒。東皇著意開烟景，南極增輝降祉釐。白首習勞猶運甓，自强不息到期頤。

觀蟄雲所得文信國緑端蟬腹硯歸以長句紀之

宋家萬里中原土，賸此殘蟬三寸腹。疊山得硯臯羽銘，五十五字完可讀。傳車窮北不獲載，流落臨平浸湖淥。漁人舉網日將夕，網中石血萇宏碧。仲瞿居士亟探囊，市得石歸簡齋宅。馬肝紫潤愧升堂，鴝眼深圓怯避席。攀髯信國近千載，耿耿忠魂寓於石。貴盛黄羅裹紫氈，賤或數百青銅錢。中間所歷那可數，終爲君有寧非天。辜負當時揮翰手，玉堂今豈人間有。掃除一室事安排，交與石君期永久。雄虹雌霓纏蘭釭，有筆五色才賦江。匆匆磨墨料未忍，出匣正氣神爲㦬。寒齋十硯已陳跡，夢邊題額閩山隔。先莘田公所居十硯齋在閩之早題巷，齋屢易主，題額尚存。自憐舊物無一遺，窮薄流連顧何益。若從攫取問道歸，罪我有辭坐懷璧。

女兒酒 微韻 聯珠社缽集

烏兔流光去若飛，麵麈暗長視腰圍。鄰家更折黃封早，刀尺連宵動嫁衣。

釣魚臺賜莊圖詠册題詩 以下辛酉（一九二一年）

舊都池苑紛攘奪，此獨堂堂出賜莊。賤子停都成創見，遊人出郭得深藏。細碎篩金松蓋密，琤琮流玉水源長。軒開瀟碧經三宿，轉眼巢痕已十霜。

壬戌七月既望釋甥招陪樊山丈泛舟二閘飲於樂家花園賦呈樊丈兼質同遊 壬戌（一九二二年）

蘭亭赤壁望不見，癸丑壬戌吾皆逢。文人好事巧緣附，遊賞欲躡前賢蹤。一星已周客京國，春日修禊時相從。李翱新意招群公，獨喜歲月符坡翁。後翁八百四十載，扁舟一葉將毋同。涼颸颯然炎暑殺，牽挽曲折下清瀨。岸旁籬落有人家，生事酸寒見畦菜。忽開雙壁倚中流，屹立故是石橋壞。毿毿野鴨亂渡心，啞啞飢鴉掠船背。出林樓閣始何年，傑構垂虹施綵繪。園有垂虹閣。篙師偃卧方嘯歌，有陳孟公晚來會。徵宇至最後。靜園築屋殊幽深，園中疊石多崎嶔。碧荷田田池沼曲，暗水似韻無絃琴。琉璃之盞大宛香，釋戡以大宛香酒餉客。蘋婆紅艷葡萄長。秋花開遲若避席。滿座西日烘衣裳。去城三里便來往，此樂定勝坡居黄。未能稍留看月出，霞綺散盡村烟蒼。循途緩緩動歸枻，天琴老人思故鄉。後遊公來必十月，潞河今歲當早霜。眼前清景且勿失，畫手鼎峙姚陳王。茫父、師曾、夢白。

約石遺丈小飲即次其贈散原韻兼柬蟄雲秋岳　以下癸亥（一九二三年）

西湖徙魚韻壘塊，和蘇三詩出塵壒。昔公磬折陳後山，諱日僧房爲位拜。甲寅，丈於臘月二十九日假法源寺爲後山設祭。抱經還鄉垂十期，齒髮未零神不憊。濤園痡野盡沈泉，風雅公當俾勿壞。人方欲識今後山，知我親公乞爲介。生逢國火更檀槐，眼見平陸成灘瀨。重陰九城撥弗開，三度兵氛六年内。陽氣洩地冬不寒，夜雲障天月常晦。鶴糧螟𧈠久無餘，米價鞋金錢新有債。天公殆欲昌吾詩，故以窮愁來强派。從公襆被宿山樓，夢裏龍塘瀑猶湃。相逢未穩送復急，怕有驪歌唱門外。北人歸北南歸南，春半花開許來再。乞食還能詩和陶，乘興無忘舟訪戴。自同里閈洎同官，豈徒貌敬直心愛。客中沽酒待濡唇，更援岐亭開殺戒。蘇程兄弟定來過，情之所鍾在我輩。

禊日蟄雲招同泛舟昆明湖分韻得觀字

奔車來淀園，牽舟循畫欄。誰掀昆明灰，貯此湖水漫。嵯峨排雲殿，當時集千官。翠華雖已西，都人望回鑾。奈忘蒙塵辱，更求厝火安。舊臣坐慨歎，千門付遊觀。文窗紗已昏，椒壁粉亦殘。宸題耀旭日，列楹俯晴瀾。傑構所蔽虧，寧知湖後寬。意行繞幾曲，變態非一端。瑩瑩半鏡匳，靄靄千檀欒。穆若荀公谷，清絶嚴陵灘。樓臺盡避面，金碧憂譏姍。冥搜喜有得，佳處藏林巒。新蒲縈石磐，潛流迴作湍。太掖不下鵠，上林無巢鸞。水禽自三兩，向人矜羽翰。舍舟水窮處，有亭適名蘭。兹辰蹔坐憇，引爲緣法看。純皇置石刻，無一畫不完。客袖乏氈椎，强記力苦殫。主人謝政地，縮手尋朋歡。玉泉傾醇醪，市遠多盤餐。歸途醒薄醉，柳風被面寒。

肖蝓來自江南中秋節日過談賦此索和

寂靜門庭睡醒遲，東軒噪鵲客來時。當年帶水銷魂别，今日賓雲奏曲期。良覿偶隨佳節至，長途應受朔風欺。雞蟲得失論奚益，準備秋宵共説詩。

大連灣舟中

涉旬濡滯若前因，浪静船燈亦可親。二集客行抛不得，昌黎沉實簡齋新。

壽芝南丈七十 以下甲子（一九二四年）

襟□纔涴杭州酒，又報洞庭落公手。濬湖未竟日翻輪，青鬢還經幾回首。兩世交情近更親，西山同看老龍鱗。年前同宿戒壇。雙松寫作對中翠，所居有雙翠軒。肯羨當年上第人。丈乙未朝考因疏言時事抑置三等，經言官論列，得旨改二等。

夜過樵山寓中縱談主人集諸果煮粥餉客賦此似正

累夕思過總未成，無端幕府伴談兵。所更世事如聞角，久謂吾儕是棄檠。二客相從知有憶，昔同鄭叔恭、盧愛吾入桂，故樵山晤予輒詢兩君。百年已半各須驚。粥香芡栗攙銀杏，恨不秋窗話到明。

君庸招重遊自青樹分韻得大字賦呈芝丈　乙丑（一九二五年）

城居生渴心，終日在塵壒。嘉招重見及，出郭車我載。昔來值朱明，殘暑倏已退。清飈換時節，金菊如盌大。石遺臥鄉園，觀槿處海介。相逢多舊人，二客來不再。施漆櫚宇新，積籜蹊隧薉。玉泉漸中烹，玄鯽行可膾。榜舟臨階除，童稚助擊汰。舉頭澹雲容，傾耳闐天籟。主人不入仕，垢污得洮汰。遊心落江湖，飛夢上嵩太。胸中衆邱壑，試手見真態。涼燠取適宜，陰陽識向背。靡惟滌煩襟，兼以豁眼界。昆明話灰劫，望遠增感慨。丹青不外乞，輞水圖已繪。此樹實養堂，欲下武昌拜。停都二十年，厚我丈爲最。未知幾兩屐，始了玆山債。論詩本不如，近更因懶廢。徵題遍大國，旁及小如鄶。

拔可入都療疾得詩甚多次其示釋戡一首即以送行 以下丙寅（一九二六年）

憶君家南營，庭下有修竹。風竿戛緑玉，過雨宛新沐。當時百還往，愛此居不俗。豈惟朋友親，誼實同骨肉。卅年換何世，萬事弓藏韣。屈君以傭書，宜若可避讟。傷哉文字厄，轉使倉頡哭。抱殘守缺志，欲赴臏偏轂。故都幾經劫，秋色歸樵牧。得遊祇近郊，出每弗命僕。倦焉舍之去，滄海絃愁獨。尋醫本爲詩，積寸泥我讀。何當重對牀，一埽千兔秃。

丙寅上巳公園水榭禊集因事未至子威同年代分郊字韻補成一律

漲緑新添水一坳，午晴欄檻柳揺梢。不祥最有兵難祓，小令從知客盡抛。誰實荀崧居後至，定容沈約作神交。豳風堂亦傳觴地，裹足今因壘在郊。

平齋寄詩訊及近況依韻奉答

人日寄詩修禊至，公知北事幾多添。不將兵戢焚猶火，更遣錢荒貴到鹽。錐鈍囊中難見末，文繁紙尾未辭箝。危城誰道風光惡，無數楊花又入簾。

同彤士仲雲觀南海仁曜門楓葉賦此索和

霜風掀動液池波，一夕酣紅較昨多。迴轉試望衡九面，崢嶸疑畫□三峨。點衣那免逢搖落，被酒還能伴醉酡。斜日殿前如此樹，略同秋柳感靈和。

君庸新買兩樹柳條而花梅紀詩見示依韻奉和 以下丁卯（一九二七年）

南荒草木不續記，異卉盡入平泉莊。余情信芳故有憾，薔薇多刺棠無香。似梅非柳巧緣飾，直以粉墨來登場。踰淮化枳坐遷地，物質善變居其常。霓裳一曲合娟態，柘枝雙舞齊威嬙。靈和斜日感摇落，疎影平分寶繪堂。

王母林太夫人八十

螺女村幽一水臨，烏衣門巷見深深。上頭千騎餘前夢，寸草三春識此心。椎髻田居歸去感，帷鐙樂事苦中尋。循陔戒養華跗曲，封鮓丸熊是母箴。

案：王母林太夫人係狀元王仁堪之妻，其子王彦强（孝緍）與我外祖父曾雲沛多有往來。

哭陳耕齋

乞退何曾昧見幾，酬知一念即危機。千秋人感濡須鄔，諸將當前促解衣。

落日河流萬馬馳，雄姿猶想突圍時。富平旂與江州幘，異代悠悠共此悲。

敗軍易輯勝難馴，只有邊風省病呻。曩夕酒歡無覓處，低徊斯語愴斯人。

案：陳深，字耕齋，閩縣人，畢業於保定陸軍軍官學校，陸軍中將、奉軍四十六旅旅長。軍功卓著，見妬於諸將，民國十六年四月廿三日爲軍長趙恩榛所害。

秋岳持示用東坡送杭州三掾罷官韻詩甚佳次韻書所見

驕陽燒樹紅如蓼，人行憚暑車聲悄。城西吏隱午散衙，惜取滄涼念清曉。喁喁巷議若有屬，烈日首向空中矯。多於曩歲看飛車，對此初疑事非小。問渠所見果何物，太白與日爭光皎。觀台告象有前定，此意未易途人了。不言災異不言祥，秋庭夜覷星河繞。獨持一事乞蒼穹，雨順風調歸食麨。

雨枕

雨枕中含異路悲，別來不分見無期。投瓜西苑憐才淚，摇麥元都感舊思。皮骨僅存供死孝，孤嫠誰託免呼飢。航齋池水清留影，五載難酬薦士知。

績宇姻大兄六十雙壽

橋傍登瀛有舊廬，自傷孤露守楹書。壯年南徼鵬摶翼，邇日東山賦燕居。才調弟兄齊軾轍，情文伉儷比秦徐。重循艾歲徵詩例，洛社泉山各起予。

案：此詩乃應長樂施景琛之請，爲其伯兄景徽六十生辰而作，署「丁卯臘月弟黄懋謙拜祝」。

和釋甥元日 以下戊辰（一九二八年）

窗紙熹微辨嚮晨，長安又滯一年身。催爺開筆嬌憐女，畏客敲門嬾詣人。預識花遲春裏閏，略聞餅罄臘中貧。當時阿姊街西屋，著屐來過雨似塵。余十歲後寓南營，距姊居僅半里。元旦從家大人出門，必先到姊家，遇雨則著屐而往。南中春初多雨，十年中著屐拜年居其半也。

案：先祖之父輩與閩縣李氏有通家之誼，同爲福州支榭社員。閱此詩，知李宣倜之母爲先祖之姊，或爲堂姊。檢《福州李氏支譜》，載李宣倜之父名宗言，配黄氏，名儀蓀。

附李宣倜原詩：

當關無客報清晨，元日依然晏起身。不隱不官寧有道。自哀自樂豈關人。盆梅影瘦疑春遠。爆竹聲疏覺歲貧。猶是酸儒寒骨相，題詩惟祝洗兵塵。

正月四日同釋甥父子遊稷園雪中攝影因成一律奉柬

相偕童稚入園扉，點點輕霙又上衣。商略爲遲三日霽，殷勤來補一冬稀。量寒卻與身宜稱，倖色深知鬢庶幾。朗玉數峰迎面立，畫中著我欲忘機。

中秋節日黄鶴樓獨坐

如此中秋豈所期，南枝翻動北風思。層層石磴緣城迴，葉葉江帆過檻遲。下界何人也吹笛，上頭無客敢題詩。傳聞劫火俄三度，莫更官胡問舊祠。官、胡二公祠在樓畔，均燬。

匏庵表兄寄詩感念舊事賦此奉答

南樓賓從盛追陪，令祖中丞公帥楚日，粵寇甫平，稱中興之盛。事若秋雲過不回。公有篇章堪述德，地雖形勝重生才。夜長最苦檠枝黯，星落彌增畫角哀。臥起頻煩都弗適，取將來札闔還開。

鄂中作客自秋徂冬追和纕蘅同年江亭獨坐一首

絲鬢今年最損青，往來抱膝一孤亭。抱膝亭在武昌。隔江山色排雲獻，撼樹風聲作雨聽。禊飲京華春永憶，霜鐘水國夜多醒。三星何與韓公事，張口如箕説獨靈。

海藏。

寄纕蘅同年 以下己巳（一九二九年）

日日從人過武昌，鷗閒定笑我猶忙。不知甚處盟鷗樹，便欲因君訊海藏。

九月二十六夜

無端客枕送喧豗，不信機祥不道災。誰爲爲之還自笑，飈輪來聽立冬雷。

上元後一夕纕蘅同年招陪聽水師樊山丈飲廣和居樊丈即席有詩次均奉教并柬同席諸公

二老風流更健强，霜松雪竹鬭深蒼。上元燈影思全盛，南極星光應壽昌。暫借清尊歡夜客，卻從舊曆紀春王。歸途凍鼓鼕鼕裏，知是盲翁又作場。

太夷先生七十生日

寸心自闢無窮境，肯被人疑作哀郢。坐窗磨墨待天明，只有雄雞最相警。目光巖電髮純漆，進講豳風説無逸。種桃不羡武陵人，桃源雖美無君臣。樓前一晌櫻花雨，洗出紛紛世事新。

纕蘅同年新居近余傭書處過從極數余今又舍去值君招飲次移居韻奉酬

西飛燕去伯勞東，著意相親幾日中。傳舍本無三宿戀，交期還許一尊同。視天舉世嗟誰屋，閔雨何人禱太空。白髮樊陳供衆看，唱余和汝兩詩翁。

七月七日雨中得蟄雲寄詩再疊前均奉和

潦積前庭深閉門，晦明窗紙辨朝昏。濕枝偶爾蟬聞響，短枕蘧然蝶共魂。巧拙根天非可乞，角張坐命更何言。愚儒悟得浮休理，玩此牀牀屋漏痕。

題癡洪梅譜洪寬孫氏南遊畫稿

廿年南朔感勞薪，惟有梅花是我春。畫理庭聞親授與，硯田得食詎爲貧。

能圖處士孤山節，勝以詩篇和太虛。又到天涯風雪夜，舊交不寄一行書。

案：洪寬孫《癡洪梅譜》載先祖此詩墨跡，署「賦和寬孫世仁兄原韻奉懷砅矶詩老同社，黄懋謙。」

南開觀萬國賽馬二首

畫旗獵獵朔風過，撓酒胡兒發醉歌。笳吹喧能助飛動，鞍韉重或致蹉跎。賽馬以鐵片夾鞍内，名曰「加磅」，良馬夾鐵更多，有首日賽第一，次日因加磅逾量致落後者。

正當湖上秋潮後，奈此臺前落日何。盡把黄金擲虛牝，勝纔幾日敗偏多。

人心已動難爲靜，鼓舞郊原殷若雷。半壁臨安籠蟀送，諸坊天寶鬬雞開。要防騰達隳中道，寧待顛踣識下材。一十八年彈指去，不知孤注幾多回。

觀戰事電影三十二韻

生物質日窮，殺人器日巧。況當歐戰後，取法復不少。掘起先成壕，營窟遜其狡。或平列如垣，或淺鑿若沼。彎環月半缺，錯落星下繞。束藷鑊未爇，聞諜色頓愀。競工燬敵糧，利彼自爲殍。飛車俯視下，蕩漾本難瞭。遲遲學伺擊，丸墜中差秒。酬之高射礮，勢等躡飛鳥。垂天但奮翼，頃刻影並杳。黑烟當旋風，消散縷猶裊。萬鎗演連珠，號曰戰拂曉。前鋒方上衝，後路輒來擾。蛇行膽非怯，豕突性殊慓。軍心誠貴堅，陣法詎宜老。自從火攻烈，兵悟散爲好。欲毆死薰室，毒霧放百道。周防出新意，面具戴栲栳。有機張深林，厥技擅橫掃。朋來數巨彈，驚顧不相保。蟄雷善竊發，百里震富媪。陸渾飛燄騰，昆明刼灰浩。褏瘡間喋血，左仆右復倒。收尸闞京觀，踐踏碎肝腦。心知見是影，影也事所造。中原耕稼地，連歲刈無草。盡人感戰禍，弭禍曷弗早。移將買鬭金，持潤衆枯槁。祥和不致厲，庶免旱與潦。書生篤信天，搔首費私禱。詩成抱衾鐵，臥看窗月皓。

纕蘅同年破曉枉過留共朝食賦此索和

君如看菊稍來遲，寂靜樓居慰我思。雙鳥酬鳴天儻許，窮鱗响沫世安知。春曹圖挾懷人感，夜起庵傳和汝詩。海藏近署所居爲「夜起庵」，去歲有和君昧爽見訪詩。齋粥未慙東道薄，依然風味秀才時。

梁莊夢憶

山陵典禮故煌煌，衣帶叨分御墨香。他日歸鄉奉慈母，君家今是德星堂。

案：此詩係二十世紀四十年代中期先祖爲榦所書，題「舊作梁莊夢憶」。蓋二十世紀二十年代，先祖在梁格莊清西陵覲見遜清帝溥儀，並得賜贈御墨數枚，後憶及而作。

禊日羈津未赴舊都水榭之會釋甥代拈文字韻賦示諸友 以下庚午（一九三〇年）

池波想見碧沄沄，絲柳禁寒或未紛。禊集今年兵又動，曩時水榭禊集，值近畿兵事方亟，飛車擲彈，迴旋空際，樊丈有文紀之。酒歡兩地客平分。是日沽上亦有中原酒樓之集。天教冷節遲三日，國讓陳芳隔九雲。君等逢辰非好事，略尋餘地著斯文。

韓齋臂痛賦此奉訊

一身之用指與臂，疾痛雖小足害事。海豐老去類新豐，痛到天明苦無寐。病祇在絡不在骨，骨絡牽連要非二。晚近誰傳郭玉鍼，更乏神膏祛濕痺。醫家用藥各有癖，石熱劉寒取嘗試。朅來閉閤三月强，只合哦詩謝求字。節樓邕管話夜半，燈火闌殘賓從散。當時批答萬文書，脱腕無聞真鐵漢。壯盛休嗟去日多，柳新花落百經過。能逃瘴癘南荒地，矍鑠終歸馬伏波。

樵珊別兩旬矣次韓齋居士雨後讌集韻補贈其行

別意俄然復滿前，與君共乏頃餘田。登車好雨先三日，罷酒寥星各一天。坡老所哀無此客，伯符相善是同年。平生事事皆遲緩，苦盼來書作佩絃。

津樓寂處秋氣漸深撫序驚心一年又換適纕兄海濱詩至依韻奉答兼呈逸老

既秋願夏夏思春，簇錦花開草似茵。朮稻風光豐釀地，陂塍日影聚耕人。蜜房漸滿黃蜂嬾，泥壘初成紫燕新。清景都隨年矢去，忘機輸與海鷗鄰。

七月八日攜家曉泛八里台書感二十韻

金風飄飄炎暑殺，雙星已没涼痕在。攜家賃舸就秋水，零落荷花翠擎蓋。鄰船啞啞啣尾鴉，滿貯蓮房水程賣。百錢買之可盈把，歡躍舟中兩兄妹。將雛心苦兒得知，擘菂奉母取其大。低篷數武亟一卸，免向橋門作障礙。嗟哉咫尺行路難，蟄處津沽倏經歲。海行見浪目輒眩，坐臥鏡中故稱快。昔年旅食帆江國，三易暄涼往還再。微風落日皺波紋，每過金山愛留憩。回眸清景盡散失，恨我生來不能畫。七碁橐筆舊西苑，淺水畫船稱穩載。荷時亦有四壁花，迸作幽香襲衣袂。金兵艮嶽擅登降，凝碧右丞暗垂涕。二三同直遂契闊，一時王陳報俱逝。次籛、友白皆今歲下世。丁髯居邇覯不數，閣公近亦住津。對此風漪增感慨。兒曹那識當時事，指點林亭玩烟靄。爺今斑鬢汝垂髫，隨在悲愉欠調劑。茲遊半世屬創舉，準擬本年著爲例。明朝汝返客中家，我有道旁塵土債。

落葉四首

坐寂跫然訝足音，閑庭纔掃積還深。危微消息占風鐸，逼促光陰向晚碪。同此衰頽嗟客鬢，略無顧惜驗人心。辭柯也合浮休理，濁酒寒宵取自斟。

旋轉由來不自持，回黄忍憶緑陰時。栽桑東海何如竹，種豆南山只剩萁。撩亂鵶兒含朔色，枯乾蟲子罥秋絲。蕭條莫問何年代，若箇能寬宋玉悲。

飄飄遠若流空笛，側側輕於下水舟。啼雁月明都過盡，哀蟬秋老得禁不。崢嶸太華重陽節，殘破中原十數州。知汝飽嘗無住苦，半牀更爲子山留。

最有秋人不耐聽，少須風定或能停。夕暉明滅商飆館，山骨開張木末亭。偶藉清霜成絢爛，試從烈火發芳馨。此生欲覓歸根處，繙貝勤修竺國經。

案：此詩當時賡和者十有餘人，所知有郭則澐、梁鴻志、黄濬、李景堃等，陳宗蕃謂「陳君淮生録之，裒然成册」。

附：郭則澐《落葉四首和嘿丈》

無邊霜信動高林，碎疊詩愁積漸深。晚出千峰爭突兀，秋行一徑赴蕭椮。已隨野馬收殘劫，肯信寒禽戀舊陰。遲暮子山雖善感，如斯揺落獨何心。

也識飄風有定時，飛揚天地欲何之。依依去日征夫怨，槭槭新寒病客知。爲悟舟浮渾不住，便從薪燼亦奚辭。郊原生意今餘幾，立馬沈吟入楚悲。

一場風雨送殘秋，絢爛空教幾日留。溝水縱分同化淚，江波欲動已牽愁。掃除得地聊相詭，揫斂闢天那自由。獨對蕭辰還勸酒，古來鐘鼎總蒿邱。

轉緑迴黄未是難，故枝一别怕重看。聲喧秋檻鏖風苦，影瘦陰崖帶雪乾。料汝歸根無淨土，誤人逐梗有驚湍。昂霄縱許青松在，誰與婆娑共歲寒。

贈次貢

光緒之季年，歲晏此相遇。布衣出大學，杯勺爲我具。坐曹與請外，卒卒換來去。會合豈所期，墜日改國步。君才擬傑構，丹漆美無度。又如列廣筵，雅樂契韶護。孰令鳳苦飢，爭食到雞鶩。且專書百城，底用憂失路。

愉園數竿竹，喜動北堂色。豈惟盛弟昆，子姪各冠幘。德門多喧和，譬日照東壁。忝爲拜母交，屢作登堂客。自維送軒輿，欻已經歲隔。家慈去年歸里。智力難强求，昏旦慈母側。因君有餘歡，益我家弄憶。一事同虔祈，稱兒居頭白。

疢齋纕蘅招飲席間談及早雪之異賦呈弢師樊丈並視同席諸公

海内兩翁逾八十，幾曾飛雪見重陽。語寒欲驗今年鶴，入地能消隔歲蝗。摧折樹枝常帶葉，淋浪簷溜旋鳴廊。江亭阻斷登高路，賸對清樽説上方。疢齋新自上方歸。

冬月五夕聚飲策六寓齋即次其韻視梅生心西辛平次貢吉廬行維組南

友朋若性命，窮老當相依。拘牽人事間，動或三月違。玉衡洛孟冬，粲粲觀璇璣。嗟哉吾舊年，暮景方騰飛。五十忽已過，六十知庶幾。王城異今昔，式微胡不歸。客歡暫把玩，選客休嫌稀。南烹佐醇醴，發顏爭朱輝。蚌蝤蚶蛤蜊，晚菘如許肥。薄醒遂分散，出門懍寒威。

挽樊山丈四首 以下辛未（一九三一年）

幾日方貞疾，俄驚戢一棺。纏綿聽白紵，憔悴託黃冠。栜下江能蔽，桑生海已乾。苦無人養老，家國淚雙彈。公詩有「家國都無人養老」語。

西狩懷前事，輿元草詔身。偶捐中道扇，遂積後來薪。白柰知何世，紅梅報再春。若論輕去罪，所罪亦猶人。

蟄園文字飲，車至帶斜陽。屢賞雞碑慧，同分鳳燭光。仙龕歸一夕，吟鉢輟三霜。蟄園鉢集，春老逝世，不復舉行。公更關詩運，天教不再昌。

嵫景催偏急，彭殤理或齊。沉埋從卷帙，擘畫到鹽虀。不睡覘昏暗，長談間怒懠。楚中三老盡，公與笏卿、沈觀二丈交最篤。漢水亦含悽。

潭舫甥縱飲致疾稍間夢姊告之曰汝疾獲愈寫經力也醒擬戒酒賦此以堅其意

攝生疏術復奚辭，佛力親恩兩護持。酒與真經難捏合，靈來夢境重傷悲。可知地下憂惟疾，不信人間病有醫。我失焚修還望汝，要嚴戒律莫遲疑。

七月十六夜同立之蟄雲北海泛月用荆公月夜韻 二首

繁燈妨清光，一艓暗取路。圓蟾似嘉客，終歲得幾晤。飈來振人衣，薄寒忍便去。心憂金盆傾，坐臥目西注。

彎環液池水，涵此既望月。岸林若圍峰，時有歌吹發。太清不留滓，竟夕可鑑髮。草根咽陰蟲，零露濕到韈。

附郭則澐《嘿丈息厂同泛北海看月嘿丈有詩用荆公月夜韻余亦繼作》

暗水不見花，披披葉間路。人意與月俱，邂逅得茲晤。烟中語微茫，目送雙鴛去。單衣生薄寒，秋河已如注。輕槳若飛梟，劃破水中月。歌聲遠漸闌，泠然清吹發。爲歡非少年，流光送華髮。瓊妃蹋波回，纖塵不染韈。

清畬大兄大人七十生日

文忠舊德重光日，老矣曾孫尚未歸。奔走所餘惟積健，吉凶常燭在先幾。里門喬木陰如畫，旅邸秋花影共依。多感圖南相勸意，逆風退鷁幾能飛。

津樓雜詩

樓欄馳日疾如車，曉聽聲聲賣活魚。屋後街前都喚遍，人家已是午炊餘。

我書多肉愧留臺，送扇持牋接遞來。借與晴窗添日課，磨人磨墨兩相催。

蕭晨哀梵相撞急，數武中間兩豎旛。絶似甘陵南北部，黨爭疑亦到空門。

度度登梯認履聲，袖中詩比玉晶瑩。君家仲雪尤心折，卅載停雲宿草情。

白晝紛紛高處集，黄昏下嘬我肌膚。飢蚊只望霜遲落，要識繁霜無歲無。

西際殘蟾尚未昇，拚將滅火睡瞢騰。無端暗壁明如月，知是臨街點路燈。失喜真同得寶時，青蝠十箇補亡詩。未應巧合能如此，荆國精靈與護持。

潮甥刻意作重陽，菊酒中原盛一場。不是這回甘避面，嘉辰同過異閑忙。

寄畫歸來慰我思，磯頭衣褶盡風漪。千層白浪掀天惡，未害男兒獨立時。

鬢邊又著幾莖霜，安得乘風墜母旁。勾起心頭無限事，一雙幼女捉迷藏。

案：此詩書於扇面，正面林溥作畫，背面爲先祖父在津題自作雜詩十首，款署「少航老弟相遇舊都，快慰積想，爲録津樓雜詩十首，俾知近況，兼以送行。辛未立秋後三日，默園黃懋謙。」「一雙幼女」，指先二姑黄玳瑛及先四姑黄大珠（黃英）。

九日味雲嘯麓招集中原酒樓並約酒後泛舟管園訪菊分均得心字

人間何世此登臨，省識無歡且共尋。直突烟高生午熱，奔車塵起斷甘霖。賞花更有同舟約，把酒中多異路心。闇公、樊老、書衡相繼下世。闌北神州迴睇處，逢辰可奈陸將沉。

題楓階先生載書歸里圖

觥觥洛浦牽船返，古有盧仝事與符。不信積書能餓子，服膺此義視斯圖。

案：是詩見民國珂羅版《楓階先生載書歸里圖》，款署「孟郊有《喜盧仝書船歸洛浦》詩，因本其事，爲任先公使題先德《載書歸里圖》，即請教正。辛未重九黃懋謙。」

冬夜懷海上親友成絶句十五首 以下壬申（一九三二年）

別來滬瀆十涼暄，記叩街東第一門。縱使鬢邊添白髮，也應投鑷對曾孫。何平老。

玉泉分脈共揚舲，萬劫風輪轉不停。靈照羈魂歸也未，招提寒雪打窗櫺。高夢旦丈。三年前丈送女公子北來，爲燕京大學教授，卓芝南丈招陪泛舟自青樹。丈南旋後，女公子遽以疾殞，殯於郊寺。劉後村哭女詩：「靈照羈魂章水西，冷風殘雪古招提。」靈照，寺名。

填詞閩嶠廣搜羅，甲子平頭負載歌。生日舉家湖上棹，六橋三竺盡行窩。林子有。

海槎歸後譽無虛，朝貴長安競引裾。時局舉棋人換世，資生乃在蟹行書。王莪孫。

西䁠學術有淵源，先集親讎重立言。嚴助不膺膚使選，得文得筆向誰論。嚴伯玉。

羈羽潛鱗兩渺茫，相逢水榭長新篁。朱欄倚遍堪腸斷，絶似南昌百步廊。沈彦倓。今夏遇君於中央公園，時自南來也。百步廊在南昌藩署，爲先德濤園中丞所建，余客贛日主於濤老，嘗在廊前論詩達旦。

不須更憶鼇峰雨，三日深譚夏緑生。試向年時數都講，山邱零落亦堪驚。李拔可。余與君共事高嘯桐師，師館於鼇峰坊敝寓，君則時來會課。「雨聲似鼇峰，連夜不逆耳」，爲君十餘年前留余宿滬寓作，今夏在津與君縱談三日，憶舊時同學陳鴻翔，薩賁孫、韻坡兄弟，墓草各已宿矣。

才名藉甚爰居閣，流轉年來自海濱。評泊吾詩太多可，要持攻錯望斯人。梁衆異。君去歲自大連來書，有「弟論詩素苛，獨於兄詩致其傾倒」之語。

新都銏發有聲稱，倜儻權奇不讓兄。成就平生東朔譎，更隨使節測寰瀛。高子矱。

三世交期數到君，析津苦語憶臨分。吉金樂石難精別，病退猶堪張一軍。陳淮生。

同年同學更同官，執轡人非便掛冠。去歲北遊無幾日，西山處處賃驢鞍。劉放園。

收藏龍麝玉堂僊，鏡面松身巧勝前。磨墨磨人本無準，燈窗事業坐三年。林仲樞。

捧杖暘臺愴昔遊，祥琴鼓罷客南州。邇來眠食安便否，聞瘦東坡念子由。郭民原。戊辰三月，余同春老看杏暘臺，君實從焉。昨過栩樓，嘯麓持示憶弟五古，怪其悽惋乃爾，詢知君先致書阿兄，謂近因念兄，常至失眠。

歸從龍國擅奇方，淞雨浪浪夜對牀。此別六年無一字，何時爲唱賀新郎。李石久甥。

本來世界是閻浮，夫婦清齋欲白頭。日日傭書還入市，一塵寧免累禪修。幼希弟。

正月十四夜過陳仲起話別即送其翌日南旋

城西一輪月，月下森戈鋋。驅車如突圍，戒嚴吾亦前。夜寒豈不畏，再面知何年。虒跡遍大地，多君守彌堅。自從國改步，孰可人勝天。同官半黄壤，存者皆華顛。資生有菽水，寧論歸無田。吾歸良未能，送君祇自憐。摇摇短燭影，對此心旌懸。手中紫團參，王半山句。附君南去船。上奉白髮母，到及驚蟄先。辱親庶可免，擇友如君賢。

蟄雲持示夢侍先德春榆先生與樊山諸老吟䜩詩即題其後

咸同壇坫盛風氣，題紙緘封騁京外。君曾祖中丞公，在鄂嘗以擊鉢吟詩題郵徵京僚同作。光宣之際爭鳴鐘，吾鄉稱折枝吟爲詩鐘，七言絶句爲擊鉢吟。銅鉢幾同短檠棄。君家喬梓振墜緒，給札重爲雲夢試。飽開車徑迓高輪，我亦駑馬追騏驥。元宵燈火踐鄉俗，穀日盆花按名次。是身可懶更可寄，百集所欠祇三四。寧知盈虧理倚伏，十稔吟魂併爲淚。尊公舊是玉堂仙，天上魂清總無寐。似憐當室久茹痛，故遺趾離招爾至。擘牋列坐儼往日，樊老丁髯醒能記。聞君説夢已心惻，況覩新篇紀兹事。人生幾夢便可了，色孝夢中最難致。凌晨起坐空涕垂，古有潛夫酷相類。劉潛夫夢先君詩「凌晨起坐涕淋浪」。塵詩束笋生死攙，往景覆棋年歲異。君持一事慰先親，寫定碎金藏篋笥。

和小魯兄移居並次元韻

未甘拋卻是長安，居處真同飲啄難。風定鷦枝宜可借，地偏鶴栅或能寬。結鄰有約元交白，汲甕常偕鮑得桓。千里寄詩相厚意，動人鄉思在更闌。

郭大嫂王太夫人七十壽筵

塞鴻信杳入秋光，賓客松喬想滿堂。盛日昔曾賡佩黻，華鬘誰信閱滄桑。孫枝遞譜房中樂，志遠兼收海外方。曩與長公吟事數，閑居彩筆善深藏。

案：郭大嫂王太夫人即表伯郭則澐之母，先祖此詩落款署「姻世侍生黄懋謙率子及孫頓首拜祝。」

壽魯老七十 以下癸酉（一九三三年）

著公三載住吾州，險絶身爲羿彀遊。曾仗一誠祛百罹，能持孤峭鎮頽流。世推叔重通經籍，傅與微之互唱酬。公時與陳太傅郵筒還往。敷教正成當務急，新邦猶有舊人求。

彌從篤實見光輝，孝友家風世所希。海外子持太邱杖，天涯第念伯康衣。送聲簷雪晨間鬧，入饌江魚雪後肥。僚屬部民俱數我，引年臘酒一觴飛。

四月初九夜紀夢

纔見花光撲面來，金蛇挾雨動春雷。不知對弈僧房客，地覆天翻閱幾回。

夢晤朗谿賦寄

故國歸偏五日遲，南轅僅得識行期。萬千欲語嗟誰可，魂夢相逢信有之。分散自增同氣感，瞢騰猶致苦思辭。未乾硯墨橫唐帖，彷彿朝餐泥我時。

和夜叟一首 以下甲戌（一九三四年）

暑雨曾無一日無，涉旬又見落秋梧。四時遞嬗來行令，百事安排待舉隅。追日更誰憐父渴，移山奚敢笑公愚。廣庭翔步存微尚，信有平生效在儒。

見衡嶽紀遊詩賦寄什耕沽上

别君垂三年，誦詩抵會面。君詩益警策，脱手迅傳箭。何時重落南，汗漫衡嶽遍。未聞裹餱糧，更乏脯酒薦。有神自款接，告語夢來先。君先夢嶽神語以讀書養氣。讀書賅孫吴，卅載局屢變。惟君恃養氣，勝之以不戰。芋火久已殘，白衣亦何羨。開雲詎關禱，七二峰悉見。平生欠禮塔，道左得其便。窺幮經藏海，鐵眼同不眩。寺貯鐵眼和尚仿明藏經全部。神光攝方寸，六丁免雷電。寺僧任驚咍，此客但磨硯。

挽陳仁先室人洪氏

桑海仍褕翟，誰知病見侵。噫喑中了了，團聚慰深深。素祧歸舟滯，金繩覺路尋。秋宵無睡者，三十九年心。

案：此詩録自陳曾壽日記，陳謂此詩頗似後山。

哭弢菴夫子 以下乙亥（一九三五年）

晚臥滄江起，桑枯海亦乾。龍歸潛邸日，烏散擇棲官。珂馬仍霜曉，丹鉛每夜闌。劫餘商位置，天地一甘盤。

此局前何有，斯人後更無。螭頭推領袖，鼇極賴擎扶。使祭張文獻，魂招屈左徒。存亡關運會，淺語或非諛。

挂眼城西路，當時共北來。屋廬從假借，車杖獨追陪。昭示皆常軌，裁成逮散材。病身寧惜淚，慙痛我遲回。

更鼓催正盡，沉星櫪馬驚。脩門臣戀主，泉路弟逢兄。絶筆何篇屬，遺言許事輕。寸丹收拾去，皦日照銘旌。

案：挽詩上款署「夫子大人靈鑒」，末署「受業黄懋謙技淚拜挽」數字。先祖另撰挽聯曰：「局爲始創，事有至難，二三策惕勵憂勤，冀及是時彌缺憾；家弄從遊，都門侍坐，四十載飲食教誨，更於何世答恩私。」

壽姬佛陀先生

每窺學海歎汪洋，難得身能備衆長。載必五車方寸攝，通於三教指揮詳。劫塵不到瀛洲館，精槧將成墨寶堂。櫻筝入廚春暮宴，淞濱波色照行觴。

寄樵琴冬笋

浪走天四維，無地可養竹。更喜食竹苗，有買輒盈束。此物入南烹，其法不一足。貴當上市初，縷縷爓豚肉。少焉價廉平，堆盤等苜蓿。噴糟色桃花，紅艷奪衆目。切方搗半碎，豉汁煮之熟。芼以石耳菌，如主得婢僕。鹽煎雜細豆，曬日乾使速。貯甕絲作酸，南榮指冬蓄。同君去鄉久，夢繞三山麓。上元開燈筵，春餅白勝玉。味此當真歸，分寄尚擬續。

將歸舊京過蒼虬寓齋話至夜半用夜起翁夏至韻留别蒼虬

損盡佳眠事早衙，今朝高枕讀南華。佇乘海舶行衝浪，免看冰窗結作花。一夕縱譚忘是别，長街遲返静無譁。身輕自信歸爲得，抱蔓休嗟四摘瓜。

璣女喜玩魚燈買以貽之

我初就學猶常兒，盼到臘尾躭遊嬉。元宵漸近鬧燈市，障紗糊紙嵌玻璃。橘紅瓜緑互輝映，飛禽走獸爭珍奇。觀光豈願但縮手，欲買揀取無瑕疵。攜歸上堂獻祖母，博得節日慈顔怡。壯年辭家赴京國，烟月信好來差遲。郊園有山號萬壽，甲午以後停燈詞。皇綱凌夷國步改，周星燹劫誰留貽。壬子正月十二夕，北京變兵焚掠，火光燭天。流光催人甚轉燭，所歷聞見生嗟咨。阿璣雛齡不解事，咿啞竊學爺哦詩。昨言一室病昏暗，要我點綴光罘罳。邊城三載屢還往，老矣剩覺津梁疲。買來魚燈取遺汝，此亦伏女傳經思。市門景物百蕭瑟，粉飾那可躋雍熙。米家舊樣罔敢學，索價高恐人顰眉。此燈蟬翼僅比薄，藻繪縷刻工兼施。是真是幻了莫辨，寒飇翻動鱗之而。圍爐熾炭過三九，更有霰雪相乘時。一燈保持足一世，百局魚爛爲可悲。鈎吾心事起靜夜，不成社集今無師。螺江師主持燈社二十餘年，今春師歿，社從此輟矣。

案：璣女名黃大璣，字季秀，先祖之幼女，生於辛未，與吾同齡。

二月朔日奉太傅師畫像進祀釣魚臺之青青簃雪中會祭者逾六十人散原老人因病未至感賦寄訊 以下丙子（一九三六年）

入門彌覺玉崢嶸，樹石亭臺縞素情。卌載因依艱報稱，群公瞻拜致精誠。畫圖隔世存真面，薪火傳心見易名。文文忠公爲師會試座主，故師再出山，屢主文忠公祠祭。寒涕自垂義寧叟，凌晨支枕望三楹。《宋史·禮志》：建齋廳三楹，以備望祭。

案：李景銘藏有先祖此詩手跡，旁有李氏題識，録之於後：「黃懋謙，字嘿園，永福拔貢，爲十硯老人黃莘田之後。少與余同肄業烏石山房，爲陳文忠師入室弟子。方策六同年嘗稱其詩，字酷肖坡谷。民國二十四年歲次乙亥，文忠師薨於京邸。翌歲二月朔日爲小祥之期，林子有提學葆恒來京與祭，有詩哭之，余步其韻云：『賜莊特爲老臣開，此地曾隨几杖來。松竹有情仍似畫，亭臺歷劫未成灰。何緣多士皆含涕，卻感吾師最愛才。回憶去年今日事，彌天風雪助悲哀。』蓋是日會祭釣魚臺者達六十人。釣魚臺去阜城門十餘里，亦名望海樓，爲元王鬱隱士讀書處。清代高宗謁陵輒駐蹕於此，故亦爲行宮之一。民國後，陳文忠仍居太傅職，上嘉其勞，賜爲別莊。南軍入京，謂爲古蹟所關，乃由農學院佔用，陳設字畫蕩然無存。乙亥秋，乃由其甥劉午原驤業參事與農院討議收回，改作四文祠，以奉祀林文恭天齡、林文直紹年、郭文安曾炘及文忠師四人也。丙子二月朔日，嘿園亦與祭，散原老人陳三立因病未到，嘿園感賦，知余有詩，故亦録示，然相形見絀，不啻小巫見大巫矣。甲申四月景銘識。」

三月朔日過梁格莊梁節庵先生墓下

葬身以外本無求，許傍崇陵占一邱。種樹成陰知不待，瀫泉有淚可能酬。收爲燕薊新名勝，數盡同光舊輩流。斜日飄蓬墳下過，清樽長憶對庭楸。

同貽書拔可探杏暘臺宿沅叔齋中

自是人情重禊辰，故將觴詠事翻新。邊塵浮眼慚臨水，試與登山一討春。

獺髓能醫病頰肥，嫣然笑靨景陽妃。大難常得春全盛，一片瑶英不肯飛。

管嶺繁枝已鬭妍，大大紅蕊正芳鮮。豈期最愜人心目，便在山門百步前。

花時怕與風爭道，暖日無風故自佳。客子居人俱滿意，可知天意厚吾儕。

金僊庵覆苦躋攀，塔院僧稀静掩關。一晌傳松亭上坐，花光四映夕陽山。

不當刻意與花親，護惜摧殘實比鄰。傳叟插瓶成日課，李郎老作戴花人。

如雪辛夷壓佛壇，午晴花下小盤桓。山中草木無箋疏，强被人呼白玉蘭。

砌下流泉汩有聲，月眉林影共峥嶸。十年欠作山中夢，借榻拚將睡到明。

虛谷五兄見余釣魚臺會祭詩賦寄一律依韻奉答

瓶水冰知天下寒，不遺一老世憂歎。門徒設祭宜爲例，文字銘幽尚待刊。風檻竹聲鏘勝玉，夏池荷葉大如盤。從遊處處皆陳跡，三載慚深適越冠。

秋晴。

題玉泉秋賞圖

霜紅面面自將迎，短杖輕扶結伴行。商與兹山開粉本，世間何物勝吾欺。

題訒庵填詞圖

性情摯者每填詞，驗取詞工但視詩。金縷曲通都尉什，納蘭語在不吾欺。

尚侍門風感播遷，一編焦尾故應傳。君身迥異韓元吉，傾耳來聽舊管絃。南宋韓元吉爲門下侍郎維後人，著《焦尾詞集》。乾道三年使金，賀萬春節於汴京，賜宴歸後成《好事近》，詞云：「凝碧舊池頭，一歎管絃淒切。」

遯圃黃芍藥盛開嘯麓約與兄之同賦　以下丁丑（一九三七年）

啼鴂凋傷紫與紅，嫁時粧額殿東風。從薰沈降香三日，臥看琉璃盛一叢。真觀羽流裝自别，姚家近侍譜應通。花中正色今餘幾，弛擔豐臺有禿翁。

御衣持較衆香尊，果否將離費討論。葉底幾番塵又合，朵中四塞霧疑昏。樽開南國歡婪尾，纖下西清剩夢痕。敷粉施朱都不適，杏衫斜日映芳園。

地吟清絶曲江張，微歛旋攲詎炫粧。幼婦絹猜絲是色，慶奴羅賜扇猶香。風前嚼蠟成何味，春後炊粱醒一場。淮海維揚天下甲，移根宜傍鬱金堂。

欄干倚遍艷陽天，入道垂絶見上仙。華館囀鶯相鼓吹，液池下鵠尚聯翩。雙鈎搨硬摹寧肖，半帶圍金與未全。品格世間琮勝璧，桐君舊録可重編。

蒓衷吾兄出傫然室憶語屬題敬成三絕似正

滬瀆新阡又兩秋，河陽潘鬢不勝憂。迫衰淚是周身血，字裏行間暗自流。

閨房至行在無奇，背著夫君自教兒。泉路雙魚艱得達，苦心終幸有人知。

爐薰茗盌供平明，伉儷情深死若生。此意教吾慙復痛，憫忠寺過一吞聲。亡室王夫人殯於法源寺十載，未得歸葬。

上源驛 限一東韻

李克用入汴，朱全忠請入城，館於上源驛。薄暮罷酒，從者皆醉，楊彥洪密與全忠謀，連車塞路，發兵圍騎而攻之。克用醉，不之聞，親兵薛志勤等格鬬，侍者郭景銖扶克用匿牀下，以水沃面，克用始張目援弓而起。會大雨震雷，天地晦冥，得索左右數人，踰垣突圍，乘電光行，縋城得出。全忠誤射彥洪，殺之。事見《綱目·僖宗中和四年》。

震電扶持酒面紅，傷亡陳史走司空。留爲後代翻藍本，設網由來但離鴻。伏兵攻傳舍時，克用監軍陳景思、大將史敬思並遇害，見《五代史》。是時，蔣介石陷西安，陳史所以譏蔣孝先被難也。

連車巷陌火光紅，被酒人醒起引弓。此是從來兵變地，黃袍檢點亦宵中。《玉照新志》：陳橋驛，在京師陳橋、封邱二門之間，唐名上源驛，朱全忠縱火欲害李克用之所。

太廟灰鶴 限一先韻

生身絶詫胎兼卵，設色尤奇白混玄。朱果飄零神鳥去，廟靈留守萬斯年。

飲啄身猶戀北燕，君臣堂廡廢陳籩。寒深披雪成純白，話到堯年一愴然。太廟兩廡從祀國初功臣。

挽散原老人

義寧天下士，避地晚居燕。家國生爲戚，文章老更專。膺滂誰在者，籍湜各潸然。我亦治任感，聽水師歿三年矣。羈遲又一年。

病發無虛月，傳聞近轉稀。苦兵疏禮謁，脱劫遽歸真。日薄窗先暝，風狂葉上飛。曩時談坐處，畫翣作光輝。

長愧吟人目，惟公篤嗜痂。齒芬知有溢，項槁竟何加。窮旅酬杯飲，寒更聽鼓撾。卅年論會合，豈謂阻幽遐。

九月二十三日滄趣師宅中賦示壬孫矩孫昆仲

寒日當窗菊滿盆，卅年坐處尚留痕。歸真勝閲華胥國，游學仍羈洛誦孫。家祭中原何可告，門生白首已無存。指散老、艾師。景皇一代論章奏，直諫終推鐵石軒。

哭琨女 以下戊寅（一九三八年）

長女大琨，號孟開，爲先繼室王夫人所出，肄業天津助産學校。正月八日以腸病殁，時年二十有三。

十齡汝喪母，執卷出就讀。稟賦非甚聰，上口書頗熟。能得兄嫂憐，婉孌依手足。邇來宿學堂，所學護生育。卒業期三年，三年旋滿足。舉止無夭徵，命也胡爾酷。

汝妹病在腸，汝歸任量藥。昏旦歷苦辛，力瘁食飲薄。妹瘳汝身代，觸肌熱如灼。方謂體質强，恃與病魔搏。寧知兼旬間，毒血侵脉絡。有手痺弗舉，辨人亦輒錯。神定呼伯兄，湯水艱入勺。戊寅穀日晨，報我一夢惡。

童孫字攲斜，來諗大姑死。兼言父甚忙，家人盍來視。舉家含涕洟，短紙置諸几。木皮寄何方，我亦露車裏。葬義取於藏，安魄倘猶美。天乎慳撫棺，爲父真恝爾。

吾衰驗近歲，伶俜忍百淚。割吾恩愛腸，儼以刃來試。去年元宵月，照見汝遠至。月圓復今年，覓汝竟無地。强顔謂達情，惻惻夜妨寐。有知當來歸，佛云無盡意。

案：詩中「兄嫂」即先父、先母，「童孫」即余也。

臥榻書事十首

小劫有如風雨疾，繩牀三月或前因。亦知不是維摩病，奈作人間學步人。拔可書來謂余字法飛動，決爲無病。

朋札縱横娱靜寂，客窗明晦辨昏晨。不知季子平安否，南北相望兩半人。季武病足累年，來書有「同爲習鑿齒」之語，習病足人呼爲「半人」。

池館丁香勸舉觴，邊城曉角促歸裝。低徊十七年中事，此老相逢意倍長。答高穎生丈。

到處行窩足自容，山人龍顧亦猶龍。停都意共雲情倦，又向津沽蟄過冬。蟄雲函告將歸天津。

慈母聽强説漸差，未知遊子臥天涯。小陽春入初三夜，紅燭輝輝夢過家。十月初三夜。

出郭同車甫隔年，俄聞起冢像祈連。神歸西直門中日，高柳彌天路似絃。憶去歲十月陪海藏翁謁四文祠。

案：檢《鄭孝胥日記》一九三七年十月十九日云：與午原、默園、石芝、緝亭同至釣魚臺，懸林文恭、林文直、郭文安、陳文忠衣冠像，號「四文祠」。

覆轍相尋足又傷，豈真有鬼此中藏。頻煩過我無多者，後蔡前陳不可忘。昔在關外傷足，陳覺人朝夕來視，此次則蔡法平過此不下七八次矣。

航海偏難載與俱，盆榴花發滿前除。家兒遠致秋庭實，滋味猶堪養病夫。京寓寄榴實至，家種也。

案：「盆榴」句一作「盆榴紅艷兩三株」。

鐵騎驚心背後馳，間關弱小自扶持。泝江入漢重棲蜀，作婦難於作女兒。適尤氏妹自漢來書，云將入蜀。蜀爲妹十歲時隨宦所在。

又是天寒晷短時，上心十事九麼詩。南營花巷諸壇坫，只有周翁話得知。舊日里中吟社長老，今之存者只熙民丈一人。

挽鄭太夷先生

羈紲從亡迹已陳，深衣獨樂九分人。崎嶔始自成童日，儉約同於未貴身。椽筆世間都斂手，僊龕海上待棲神。客冬臨發傳觴急，似與親知了舊因。

柳下敲門瞬七年，每逢馴鴿食階前。陽和布氣能容物，人海藏身只任天。北使起居詢潞國，南荒祠祭報文淵。公今不返蛟龍匣，風雨中宵重涕漣。

己卯重九次拔可韻 己卯（一九三九年）

二年蕭鬢點吳霜，又見新回井底陽。母手縫衣思輒愴，客行跌轂痛難忘。小詩君比催租急，短晷人爭下直忙。差免報章遲隔歲，秋光萸菊賸迴腸。

爲兑之題雙海棠閣圖

誰云海棠盛西蜀，到處相逢簇紅玉。相門招客看繁英，夜闌燒燭疑火城。孤兒忍淚事堂構，花木儘可通精誠。舞風摶雪株亭亭，一雙拱立如趨庭。交柯並幹互蟠曲，珊瑚玉樹挂青冥。君今袖卻絲綸手，自開至落總相守。六榕七檜久摧殘，獨樂平泉更何有。此花恐是凌霄花，富鄭公園中有凌霄花。踵事未敢重增華。題圖首先五色筆，餘者鼎峙皆吾家。

十園招飲明湖春翌日有詩見教依韻奉酬 以下庚辰（一九四〇年）

赤日行天集衆賓，渴心樓檻看揚塵。能來儘有成歡酒，相顧都疑歷劫人。猶署明湖何取義，難留殘夏枉思春。距立秋只四日矣。變聲到處聞時鳥，隔座歌姬盡帶顰。

六月望夕淮舫夜坐

秦淮墜月可憐宵，枕岸河房土半焦。潛動夜喧千本燭，先涼秋氣一枝簫。新陳儘許售蓮子，榮悴誰曾管柳條。二十年中三度至，舊時遊客甚蕭寥。

夜過仲虎寓樓見春間舊京北海禊集小影寄懷嘯麓

壁間見影慰遥望，北海西園各有觴。此會已成應銅洛，何年始免歎參商。比聞病退書猶靳，又居天寒夜正長。一穗樓燈鍾阜側，懷人相對坐汪黃。

同子𤪌步西園憩不繫舟

雪消池館淨無塵，纔入江南七日春。一鳥不鳴廊寂歷，群鵝何往石嶙峋。已成愛戀過桑下，難得頻煩禊水濱。世事悠悠舟不繫，暫同流憩亦前因。

題寥士單雲閣詩思圖兼訊看雲樓主

幾日雲容已變秋，秋衣臥作鳥相酬。君誠東野誰韓子，海內看雲早築樓。

中秋節日午飲太疎樓書所見賦視同席諸君

消除休日始今年，南國羈人亦可憐。醇醴發顔寧便醉，清霜上鬢不重玄。石名龜化千齡壽，畫仿龍眠九老緣。捲盡纖雲收午翳，宵中何處看蟾圓。

題林文忠與朱菽堂侍郎手札

變盡桑田海亦乾，百年紙墨未叢殘。名臣下筆覘言行，休作鷗波十札看。

同伯治子矱午原劼之午飯雞鳴寺

遊山記喫僧廚飯，廬阜燕都並比三。祇恐昨宵成宿雨，豈期亭午見晴嵐。筍蔬自足山林氣，親故宜聯婦女談。伯治偕其夫人，子矱挈其女公子。呴沫相濡艱一集，不知身世落江南。

大悲閣觀音生日

大悲樓閣近斜陽，短策輕衫趁晚涼。數畝樹陰移石蹬，一湖荷氣過城牆。流亡織路餘行乞，香火彌天不救荒。歲歲于山如此盛，試憑合眼當還鄉。

秋日登掃葉樓

病足高層最怕行，攲斜得路倚秋晴。疏林漸送風聲急，遠水猶含夕照明。易代遺民重見畫，沈泉舊友剩留名。壁間有王夢湘、易實甫昆仲題句。詞人爭説江南好，憶絶年時未被兵。

疎臺午飯看菊賦贈主人

秣陵再至又三秋，生性疑仙好住樓。牢落賓朋車可載，凋疎景物畫能收。羅階白菊新霜降，繞屋清谿活水流。醒酒西風吹鬢冷，欲行猶作小勾留。

庚辰九日冶城登高分韻得池字

錮石可知猶有郄，附毛幾見不存皮。異鄉作客登高日，舊事傷心觸目時。生死一墩爭易了，忠貞幽隧壤難治。由來利鈍關成敗，山下無人問劍池。

題龔蘅圃侍御田居圖

菱塘柳陌間清渠，宦後南湖著隱廬。道合志同千載事，令人追憶卞田居。《南史》：卞彬自號卞田居。

籬門一閉斷知聞，粗取容身庋典墳。十里三秋荷桂好，西湖詞拍召兵氛。

石田繪事首甘低，刻意臨摹總故畦。賺得杖頭錢去後，别開生面試他題。

禽犢都存朴野中，宜師田水聽松風。許圖當日如成就，位置丹青定不同。蘅圃先乞許莘野爲田居圖，有詩紀之，然未聞許之有圖也。

圖歸公有豈非天，結念存於繭足前。學稼放漁真意在，較諸夢見殆尤全。

人日會飲橋西草堂 以下辛巳（一九四一年）

車轉橋西路，逢辰更趁閒。先春三日酒，如夢六朝山。籬曲迴溪口，樓高出竹間。池成猶有待，作勢已彎環。

光禄吟臺在，欣佳似此無。所居成秀野，得止即區臾。世換人惟舊，朋來道不孤。鷗波新結構，自有仲姬圖。

沈劍知兄以新購董文敏真蹟多種爲余臨一長卷賦此致謝

諸城學董成高足，劉文清謂包安吴曰：「吾子論書，無不當者，何不一論老夫得失？」安吴曰：「尊書可謂華亭高足矣。」浪説新城是後身。陳玉方侍郎，時人稱爲華亭後身。藝本難精宜習苦，貌先能肖始言神。千金斥産原從好，四世工書實種因。素壁張之藏復卷，恐穿户限受君嗔。

盼稚辛過寧

北書偶至輒軒眉，況有颷輪萬里馳。殊惜遠來慳一面，所期重過聚些時。二三儔侶望君久，八十聰强似此奇。每對潁濱念坡老，祇餘固叟識吾悲。年來與子鑊相處，念其令兄子晉，猶之對稚老而愴念夜起翁也。

梁茝林中丞由桂撫調吴黄秋士爲繪竹馬重迎圖爰居閣主屬題

惟公於吴實有緣，屢攝開府由旬宣。歡呼真除迓移節，道旁騶篠來聯翩。巨艑峨峨旂旆建，還我使君成左券。吴氏色喜桂民恫，大雲流轉隨天風。闔閭愛惡秉真性，瓦礫香花視爲政。紙本昣昏畫儘存，長留手澤貽曾孫。曾孫繩武過舊治，車下百萬災黎魂。江南從古哀如此，孰起蘭成細與論。

仲秋晦日會飲橋西草堂主人持示新作治翁即席賦和余歸依韻奉答兼寄同席諸公

塔影池光共有情，三弓地拓草鋪平。懃懃折柬旬重見，旋旋逢杯百不營。火速和詩驚一座，秋晴論價敵連城。悠然八月今朝盡，心恐潮雞報五更。

九日北極閣登高分韻得久字

我昔登臨歲在酉，狹路倚斜出林藪。今來高徑轉車輪，改盡舊觀廿年後。圓臺矗立似浮圖，内裏藏梯色深黝。蔽虧後湖起兩樓，東際西頭儼分剖。於時草木方變衰，驗取降霜先重九。長江湍瀨遠不到，疑有回飈下牛首。强陪健足躡高層，被面猶酡草堂酒。午飲橋西草堂。攄枰相對正忘言，白髮飄蕭橋中叟。吴向老、林肖蝓各與客對弈。石欄人影亂斜陽，茗飲交情宜可久。

大雪日西園對坐獲翁有詩依韻奉和

去年修禊此列坐，分韻爲詩互相課。今年禊日無一來，時事遷移非嬾惰。冬風凜冽林木凋，與子有暇乃輒過。臨流駐足年復年，止若甌臾亦可賀。大雪無雪南方常，暄暖肯學袁安臥。相偕據石兩忘形，令我無歡少驚座。指伯治。弱羽棲樹條仍摇，老魚跳波鏡新破。瘦紅細葉堪入圖，淨碧輕陰休縱唾。歸纔頃刻得君詩，步韻憐吾歷困坷。從今聚首還幾時，且擬松陵共唱和。

案：此詩又題《和獲翁大雪日西園對坐韻》，「木凋」一作「木疎」。「乃輒」一作「輒來」。「肯學」一作「豈學」。

霜老有詩催續社事再疊前韻奉和兼視固叟

我昔綠衣忝末坐，識君讀書受母課。河濱老屋聲琅琅，不待斷機已戒惰。船官子姪若與吾，先德蝓鐵先生，與先世父安縣公爲馬江船政同事。觽韘年光隙駒過。已歲同君青一衿，里中人爲兩家賀。回眸茂草荒學宫，黄縣侍郎早歸臥。指王季樵師。坐曹聽鼓久分途，會合乃在西園座。鄉風重舉折枝吟，銅鉢何人先打破。三十年來舊京鄉人盛倡折枝吟，陳徵宇告余曰：「國體變更，鉢爲諸君打破矣。」徵宇前清在京有擊鉢吟存稿一千首，故傷擊鉢之不再舉也。君詩出手最矜持，笑我命輕侔涕唾。五旬輟響將中興，不信吟朋終坎坷。社招固叟輒掉頭，只許郵筒倡予和。

霜老有詩見及三疊前韻奉答

深叢久斷孤羆坐，韓昌黎詩：「傲兀坐試席，深叢見孤羆。」名場一散如荒課。重開試院選賓僚，薦士修書安敢惰。登第群思鯉尾燒，煎茶新報蟹眼過。喜聞記室辟元瑜，得人深爲瑯琊賀。不愁羈絆迫窮年，只恐文書奪高臥。當時珊網屢見遺，殆有天焉償此座。昔人祿仕本代耕，我輩無田耕硯破。相要倘以進他途，知爾還當不顧唾。詩筒有例遞牆頭，韻險差同山徑坷。蘇轍《和子瞻大雪》詩：「譬如逐獸盧，豈覺山徑坷。」君才大國我小邦，三疊既終休索和。

辛巳除夕爰居閣主以次曾茶山五十九歲除夜詩元韻見示即夕奉和

雪消寒淞尚流空，最後屠蘇飲一中。急足傳箋逢餞歲，傾身障燭怕當風。緒餘公稱詩騷主。夢裏吾還象勺童。好待嚮明燈火燼，平頭來祝樂天翁。白香山詩：「火銷燈盡天明後，便見平頭六十人。」

除夕得蟄雲書並寄贈新印律社前後集感賦

一冬夢影繫長安，盼到書來歲已闌。賸以社詩前後合，取將細字再三看。陳人冉冉成千古，律社前集作者十七人，存者今只蟄雲一人。今夕茫茫感百端。三十六年彈指過，難忘函約餉椒盤。余丙午歲暮入都，寓全福館，君奉尊人文安公命，約余除夜過飲，以紅紙裁箋，有「草草椒盤」之語。

和爰居閣主人日梅花盛開一首仍用除夕韻 以下壬午（一九四二年）

春暄雲絮羃晴空，養就繁香七日中。照座熒然紅燭影，叩門清絕縞衣風。講臺環植吴航謝，閩中致用書院，有十三本梅花書屋，長樂謝枚如師掌教時，即居於此。畫苑添收鑑曲童。二樹。便欲爲公鐫小印，江南官閣補花翁。

荷花生日簡疚齋距庚午歲君在舊京十刹海觴客十有三年矣

別來已是十年强，劫後相逢意倍長。一事教吾忘未得，荷花生日會賢堂。

樓高一盞舉凌晨，白白紅紅絶點塵。拋卻舊京君不惜，替花作主更何人。

四月八日石遺丈生日伯治置酒橋西草堂憶壬戌二月余自北都假旋聽水師招陪石丈爲龍塘之遊從者王碧棲陳陀庵今皆下世念之愴然

避兵未了就山邱，姓氏猶堪作蹇修。祇乏歲年齋我佛，倘分魂魄傍他州。丈曾買宅吴門。門生幾輩存風義，東道茲辰託報酬。一自龍塘觀瀑後，故鄉廿載嬾回頭。

橋西草堂席上食西瓜凍

清泉浮出滑琉璃，酒半人前换一匙。莫遣酸鹹汙此質，未知渣滓去何時。暑中餉客宜瑩目，秋後尊生但沁脾。飲食雖微新意足，蠅飛無處覓留皮。

中元家祭

旬前面背汗交流，苦熱情懷最願秋。時節旋驚霜露居，裳衣爭爲祖先謀。蓼莪有淚惟潛墜，薪米何人可免愁。酹酒紙灰揚不起，薦筵窮薄乏珍羞。

郭組南内姪以舊墨驪龍珠見贈先外舅榮禄公所遺也賦謝

丈人令姿猶鳳鸞，殿體書法傾長安。春官屢試輒不售，坐曹十載生嘅歎。分條乞外墨車載，河朔望斷登金鑾。沈泉今且五十載，黑松使者應汍瀾。公孫典守比魏笏，遺我烏玉二寸寬。飢蟫剥蝕古錦匣，明珠一顆驪龍蟠。但供塗抹手未忍，感念傳硯摧心肝。恍如一夢庚戌秋，駑駘上道追驊騮。曈曈旭日射殿角，矮几妥帖貂毫遒。金壺濃淡汁不稱，調勻薄藺頻頻抽。自兹試士黜楷法，小技免累松滋侯。君從弱歲弄柔翰，嚴樂方駕淵雲儔。嚴樂墨精，淵雲墨妙，並見《北堂書鈔》。胡爲精妙不自享，使我跼蹐難爲酬。能同夢得探者少，持此殊惜珠暗投。

壬午九日釋堣招飲橋西草堂分均得醉字時菊花未盛而桂則甚馥也

去年夏閏秋遲至，重九黄花鬬姿媚。今年九月天未霜，盆菊花疏蕊猶穉。將衰復盛知者稀，暗裏幽香動園桂。主人置酒意選菊，桂挺繁英菊迴避。吾先賞桂緩就菊，待取籬東霜後醉。當前金粟細描摹，賴此畫師輩三四。劫罅重開掌故花，前身合傍登科記。人同佳興作重陽，君有清芬寶先世。尊公折桂曾幾時，前六十年壬午歲。

案：李宣倜父李宗言，爲光緒壬午舉人，與鄭孝胥、陳衍、林紓同榜。

九日掃葉樓登高因先期有太疏樓之約未赴寥士兄代拈當字韻

掃葉樓頭分韻日，橋西又舉草堂觴。苦無筋力供遥豁，喜有親知聚異鄉。明歲賃車宜併案，詩人占籍在重陽。窮簷盡住秋風裏，不獨寒衣誤兩當。

爲顗齋題覆舟山石壁圖

從古山川無盡藏，冥搜有得屬何郎。重遊可惜非真面，留取殘形伴夕陽。

鍾山支脈此鈎連，宋武桓元事滿前。異代興亡誰管得，新洲叢荻冷秋烟。

單雲閣主人四十初度贈詩

此士傾譚慰寂寥，單雲築閣已岧嶤。處囊彩筆宜陪郭，照座銀鍾願酌蕭。栗尾摩巖覘北海，蘭橈掠水話南朝。及茲四十飛騰景，記室爭爲阮瑀招。

展褉期近感賦視太疎景趙劉蕢 以下癸未（一九四三年）

將軍好武又能文，展褉攜朋集水濆。選客直同觀榜日，有人下第作劉蕢。

北都昔日萃人文，重九重三有韻分。樊叟石翁無示弱，聆風聽水各張軍。

園池鼓枻碧沄沄，館主兼葭酒正醺。短屐印苔池畔過，六年已失舊時紋。戊寅褉日，泛舟於西園池中，董卿在内。

謝長樂府主惠江瑶柱絶句四首

病夫食籍不堪論，夢裏無羊踏菜園。烹筍煮菌得儐介，加吾餐飯長官恩。

公慳自餉許分嘗，流沛仁心匕箸旁。雙井受人黄雀鮓，先將罌缶與收藏。見山谷《謝張泰伯惠黄雀鮓》詩。

蝤蛑蝦蟹盡輿儓，煎汁尤宜清菜薹。但使不輕留客飯，豰吾十度作羹材。

鮑脯魚鰭最有名，法從南海嬗燕京。一餐費卻中人産，作俑爲誰問篆卿。

十月十七日橋西草堂作放翁生日分韻得虹字

師承杜老挹坡翁，忠愛纏綿更與同。鐵馬邊聲秋入夢，碧雞花事雨成空。國孱政似魚池涸，家阻難憑鳥道通。北定中原何日是，長留詩卷氣如虹。

寫付幹孫

臨帖騰嘲到後生，迹來臆造更縱横。吴興秀媚河南勁，二祖眵昏不必爭。

案：二十世紀四十年代中期，余請先祖、先外祖書扇，扇正面先外祖臨褚遂良《枯樹賦》，背面先祖臨趙子昂《杭州福神觀記》（實爲《膽巴碑》），並賦此詩，故有「二祖眵昏不必爭」之句，末署「六月望夕，懋謙寫付幹孫」。至今尚珍藏篋中。

蟄園律集社吟

案：郭則澐《龍顧山人年譜》云：「是（丙子）夏，踵榕蔭堂律集之例，復舉蟄園律社。曾與前集者，惟陳徵宇、周熙師、黄嘿丈尚在，自餘同鄉鄭稚辛、薛淑周、方策六、陳蒓衷、黄公渚君坦昆仲外，樂此者甚鮮。乃不限鄉籍，且以郵筒走南北。熙師在滬，高蒨厂在白下，宗子威在湘，關穎人、顧壽人、胡楚卿、許辛盦、楊君武在津，皆以詩來會，與會者至三四十人。月一集，集必二題，先日分題拈韻，限期截卷，用連環互取法集唱於蟄園之松喬堂，歷數年，周上、下平韻，乃改爲春、秋兩集，至今仍之。其鬭標，春以絹燈、堂花，夏、秋以後或以扇，或以文具，皆書畫精刻，有『蟄園』款，或出名書名畫及文房珍玩之屬，得者寶之。」社課之作後結集爲《蟄園律集後編》。另上海圖書館藏有稿本《蟄園律社詩草》，即前者之稿本，多有先祖未選入之作，一併輯録之。

重脩文丞相祠

二忠祠外表孤忠，真宰端憑正氣通。淪溺厓山湔主辱，堅塗燕市繫民風。欠分廊廡趙時賞，空坑之敗，時賞爲元兵所執，詭云姓文，文山因得脱。險累馨香王積翁。元世祖求才，積翁曰：「南人無如文天祥者。」異代猶應憎迫處，胡笳互動月明中。

二忠祠外表孤忠，慷慨居然有古風。所學無慙於聖近，斯人不朽豈天窮。同時遺臭哀蕯壁，賈似道園墅名「蕯壁山房」。異地招魂補篠叢。公自真州逃歸，匿篠叢中以免。氣節一朝公作殿，尚留遺蹟動華戎。

司馬温公獨樂園

雙渠繞屋竹成叢，勝地安排待相公。嵩嶽養高生使獨，鍾山蒙詬意羞同。諷時旨以無言見，許國身難誓隱終。絶歎太師家好在，金人入洛，戒勿犯司馬太師家。汴京花石瞬都空。

車聲

間於殘漏先晨鐘，似聽勞薪唱懊儂。短夜市喧爭去馬，舊朝人事赴游龍。倦程耳熟寧妨寐，成約來遲訝絶蹤。塵土長安心厭久，願聾三日養疎慵。

晴雷忽動九衢衝，響雜鸞鑣亦肅雝。騰踏似占三望貴，叮嚀已料七香逢。雕輪行急塵爭漲，珠箔歸遲夢破慵。笑我難棲甘轆轆，冷看陌上過游龍。

明武宗豹房

城西甲帳擁飛龍，星斗鈎連梐戟重。地近廂廊藏別苑，政歸廠衛出斜封。丁租更比鷹坊侈，食料重煩馬監供。聞道紫濛烽又急，太師輕騎度居庸。

荒嬉鷹犬混魚龍，星斗鈎連近九重。赤馬北還臨御杖，武宗還京，乘赤馬，百官郊迎，即幸豹房。白羊西望警邊烽。白羊口在居庸關，有御史守之。黴唐甘露貂璫恣，擬漢長楊羽獵供。廊下傳聞工造酒，君王沉醉對芙蓉。

太液荷花

無復宮鬟泛畫艭，舊香寂寂似空江。三生瑶嶼矜裳佩，四照瓊臺擁葆幢。佛面妝留金粉價，宮中荷花以觀音面爲最。仙韶曲斷水雲腔。蓬池此去無青鳥，憐取猩紅意未降。「猩紅憶故君」，用汪水雲詩語。

金水參差障翠幢，明璫小佩玉琤瑽。凌波何意逢傾國，擎日多應勝涉江。夢近露盤鉛作淚，影回星鏡錦爲⿰足雙。相憐待賦留仙曲，寫遍瀟湘綠綺窗。

元都觀詠劉夢得觀桃事

半殘香火偃靈旗，千樹如何不一遺。感事屢干時相忌，還朝寧謂遠州期。二三朋輩同搖落，廿四年中有盛衰。葵麥本違栽種意，未教道士識分司。

動搖不是傷葵麥，朝局番番甚弈棋。邇日人如丁令返，當時樹有武陵疑。解親道氣宜蠲憤，久負詩豪故費辭。遷謫漫嗟文網密，勝如詠豆坐誅夷。

竹簾

笛材編製篁材資，踠地平添八尺漪。宋苑今無銀蒜押，漢陵昔見水紋垂。漢陵寢皆以竹爲簾，仿水紋及龍鳳狀，見《西京雜記》。留香漸悟疎無意，透月深憐細易移。終信平生孤節在，人間經緯亦何爲。「不由經緯力，安有卷舒功」，杜甫詠簾句。

新柳

瘦日梢頭看到肥，清明寒食雨霏霏。中開馬埒千鞭疾，半揜蜻簾一笛飛。西出陽關餘彷彿，潛行江曲重歔欷。薄寒滯卻三分綠，不遣吹棉早上衣。

柔條暗長報芳菲，吹暖東風氣力微。帶眼寬留唐苑結，腰支纖試楚宮衣。向人愁緒疑猶淺，似此韶華瞬亦非。鎮日一雙春燕影，自憐弱羽與因依。

雪美人

騷騷屑屑復霏霏，樓閣虛空下玉妃。一半凍痕含手爪，十分晴旭減腰圍。多情釵燕供伴色，解語籠鸚羨息機。李義山詩：「爲問釵頭雙白燕，每朝珠館幾時歸。」又，唐宮白鸚鵡號「雪衣娘子」。六出散花偏易著，本來無縫是天衣。

燈花

一燈一粟太平初，愁剔殘紅話夢餘。膏火留妍如玉汝，塵灰迴耀忽華予。蘭心飄淚傷金谷，蓮影棲香戀石渠。老境炙眉何所卜，飛蛾滿眼爲踟躕。

蝦菜亭

茶陵沈魄臥菰蘆，水部亭臨淨業湖。無意隱淪胡澼此，有懷游釣盍歸乎。昔時洲渚今平陸，成句。二老風流在畫圖。成句。里閈易名如一轍，魚蔬求闕是真儒。

乾嘉游讌舊歡徂，亭子西涯占一隅。分作棄材論木雁，遲將歸計負蓴鱸。朝官小領江湖味，北客寧諳弋釣娛。戴李爭墩誰管得，當時景物盡模糊。

桔槔舊址百年蕪，桔槔亭爲《西涯十二詠》之一。飛夢曹郎到五湖。生事人欣魚米足，清游地與羽林殊。王褒《從軍詩》：「講戎平樂觀，學戲羽林亭。」少師客案傳成謔，西涯罷相，頗貧，賴求書羔雁以給朝夕。一日，色倦，夫人曰：「今日方設客，可使案無魚菜耶？」乃欣然濡筆。祭酒詩龕繪作圖。法梧門詩龕在積水潭。欲向詞流徵掌故，潭深積水颯寒蘆。

酒旗

近寒食節草萋萋，青苧高垂引馬蹄。杏雨柳烟當晝暗，水村山郭受風低。杜牧詩：「水村山郭酒旗風。」舉竿便覺春酣近，聞角應增晚飲悽。飄泊半生迎送際，看人壚下醉如泥。

風光如醉指前隄，歸路緣湖日漸西。市晚收隨燈影落，樓高挂與樹梢齊。新蒭夔府香偏遠，范成大《夔州》詩：「麴米新蒭但有聞。」春柳華林色易迷。

不信終南中有徑，且尋歌板共招攜。

三星南角説無稽，以醉爲鄉仗指迷。塞幔遠憐橋畔別，觀瓶卑恨井眉栖。香來便覺春如海，影颭先愁雨作泥。比似單衣寒惻惻，燕山獵罷日沉西。

杖頭與汝互提攜，眼熟林間幾阮嵇。麴國界疑區醉醒，糟邱路亦有高低。花前夢影風如掣，燕外春心雨易迷。上界何年星更降，可憐渴吻望雲霓。

春草

平蕪送緑遍天涯，光景年中此最佳。隔渚放青供坐毯，入林拾翠見遺釵。番番怒長催人老，步步低隨與俗諧。袍色較量當日好，蹋莎可是舊風懷。

偷於雨夜長根荄，漲緑連畦未有涯。原野燒痕疑隔世，池館夢影繫同懷。飛來馬足斜陽下，斷處鵑魂戰血埋。舊恨六朝量不盡，是誰藉地酒如淮。

題余澹心板橋雜記

舊院年深長緑苔，繁華事去幾低徊。海棠命婦生朝盛，謂横波。芳草王孫末路哀。謂徐青君。燈舫臨安常徹曉，迷樓大業總沈灰。簫聲吹出秦淮月，認是魁官一輩來。

樓臺絃管總蒿萊，劫後河房首重回。烟水六朝啣尾檠，鶯花三月合歡杯。僑居至竟多名士，涉筆無端到黨魁。間涉圓海。一代盛衰供史料，勝持殘淚記金臺。

姚少師静室

九峰松作老龍鱗，丈室疑聞虎病呻。内典紛心因術數，空門結念尚君臣。祇林燕月孤無主，度牒滇雲外有人。來往精魂休縱目，十三陵樹斫爲薪。

潭空柘盡寺如新，曾此禪栖一倦身。病虎功名慙到死，飛龍骨肉忍無親。瓣香太廟難長附，圓碣房山恐久湮。解爲讀書留種子，少師終是有心人。

白孔雀

背隆頸細尾圓紋，謝絶紛華自出群。教舞鼓高千點雨，罷妝屏展一襟雲。身爲南客輕珠衱，意取西歌寫練裙。西舍利曲名「白孔雀」。免得兒童偷翦翅，世間爲累是多文。

越禽毛羽錦斑翂，素質新看張一軍。差擬雪衣踈誦佛，不依丹穴悔求君。文章媚世宜垂戒，膽血傷人亦駭聞。自入大明中瑞貢，南交何處望鄉枌。

寒雁

連宵霜信緊江村，界破青天見一痕。水闊艣聲疑應答，月殘弦影警心魂。淮南木落山同瘦，華頂風高酒不溫。知汝稻粱謀亦苦，嗷嗷忍復問黎元。

聲攙刀尺近黃昏，引起閨愁赴塞垣。午夜夢回秋到枕，霜天影過月當門。音書茂苑年年客，簫鼓橫汾處處村。出處蘆中須自審，尋常肯受鶩餘恩。

凝碧池詠雷海青事

風回池籞水生瀾，烈烈轟轟警僞官。此獠行看教撲殺，至尊直與奉心肝。千秋同調餘鉛筑，諸道成功望蠟丸。顔真卿區處河北軍事，以蠟丸達靈武行在。窺竊已成靈武局，家兒敧器亦求安。

堂堂死義出伶官，零落秋槐血染丹。供奉恩深輕性命，趨蹌顏厚賤衣冠。琴聲已兆陳濤敗，用房琯事。鈴語如聞蜀道難。依樣管絃淒切甚，唐家再造宋偏安。南宋時，韓元吉使金，賀萬春節於汴京，與宴歸後，賦《好事近》云：「凝碧池頭，一歎管絃淒切。」

胡塵高起劫灰殘，池水傷心照僞官。圖託獻秦情見匕，歌成辭漢淚移盤。未堪抱器窮荒竄，忍待回鑾一再彈。佛寺右丞工感事，野烟落葉滿長安。

秋河

只在銀雲縹緲間，一水迢迢阻躋攀。縱横深淺誰能測，隱見陰晴最有關。星夕鵲橋開組練，金風雁塞夢刀環。紅牆隔著相望地，愁絶詩人李義山。

碧落乘槎記往還，尋源不道近塵寰。茶瓜水閣看良久，碪杵江村夢等閑。左界飛星隨影没，初更新月露眉彎。人間赤壤常愁暵，潤到涓流訏許慳。

不比雲忙意轉閑，光明放出揀秋間。橫斜珠斗當林杪，灑落銀潢傍屋山。顧兔此生甘避道，牽牛通夕受嚴關。甲兵淨洗知何日，憫亂看天感鬢斑。

吴山立馬圖

卯山宫殿暮雲連，怒轡何人睨碧巔。故國久虛閑十二，雄關直指路三千。《大金國志》：自臨安府至雄州舊界凡三千三百七十里。君王教駿寧堪敵，「教駿」見《南宋雜事詩》。宰相騎驢亦可憐。《葛嶺行》刺似道云：「豈知一旦事瓦裂，鋃鐺鐵鎖載以驢。」筆底西湖湔水了，宋人詩語。此情難付畫圖傳。

南侵志決竊鈇年，鬱鬱安能久住燕。賸水殘山供睥睨，荷花桂子惹腥羶。投鞭建業同豪氣，伸腳長安任夜眠。多恐銀濤餘怒在，靈胥廟貌峙層巔。

萬松金闕起何年，南宋有《萬松金闕圖》。半壁臨安別有天。戮力岳劉爭款局，盤游高孝導先鞭。屏間舊德慗無逸，畫裏雄姿恨不前。亮敗于瓜洲，爲其下所弒，終未入杭。三十二軍蹄鐵勁，瓜洲一蹶阻南遷。

新燕

今歲來偏在社前，情多爪縷認猶纏。生於南土烏衣國，嫁向東風碧玉年。未及花飛筵莫蹴，剛逢寒食燭初傳。舊巢痕許殷勤覓，免使啣泥汙太玄。

廢園

陰陰古木集鳴鴞，草徑盤紆路更遥。「草徑盤紆入廢園」，陸放翁句。籬破野花時一補，井枯寒菜更誰澆。兒孫署券供償博，《蘇州府志》載嘉靖中拙政園事。鄰里操斤約採樵。泯卻人間興替感，合將身世託團焦。

晝深狐兔向人驕，取境從知僻勝囂。有蔓瘦藤支立石，無枝僵柳臥攲橋。簫廊度鳥淒颸引，釭壁銜螢夕燄搖。輸入官家君莫歎，深冬叢葦尚能燒。東坡詩：「官園刈葦歲留槎，深冬放火如紅霞。」

盆松

蒼鱗白甲各丰標，位置茆堂近藥寮。盡洗紛華歸獨秀，亦如通隱愜新招。看渠礌砢疑張憢，伴我蕭疏稱挂瓢。似有清風生几席，當窗兀對一琴調。

霜屏移影墜釵翹，肯信朱門惜後凋。俗賞適令孤節貶，古姿端勝衆芳饒。巧憑韋偃殘圖縮，劣許寒郊小品標。孟郊有《品松》詩。一笑冷巖風味共，夜爐柏子帶枝燒。

玉山草堂

林壑餘年世故抛，瓜牛廬就勝仙茅。名高翻累歌招隱，身晦寧須論絶交。東郭南村同寄傲，同時草堂名。道鞋僧帽任騰嘲。山居新製葡萄帳，試較人間翡翠巢。

風雅倪楊爾汝交，更招羽服出三茅。謂道士張雨。畫圖金粟題詩遍，歌板瓊花對酒敲。書史隨身無俗癖，兵戈避地詎安巢。徵君老去臨濠徙，夢繞寒溪緑玉梢。

莫愁湖江天閣祀湘鄉曾文正公處

望古凭欄一晌豪，元戎小隊擁弓刀。海枯已報長鯨翦，地迥猶招大鳥翱。醉石園林俱代謝，中山瞻園有醒醉石。退庵圖畫讓清高。西湖退省庵彭剛直畫像今已不存。瓣香名將名姝外，我爲兹湖慶所遭。

終古英雄付浪淘，斜陽白下木蘭舠。可憐風雨歸神蟒，無復艨艟壓海鼇。異代策勛輸鐵券，名區栖魄想雲旄。微吟何似宸題壯，揮筆江天一覽高。海軍自文正創之。又，金山有高宗御書「江天一覽」四字。

夕陽

散爲霞綺漾雲羅，奈此風前急景何。畫角城頭催欲盡，酒旗天外占偏多。晚來楓葉無邊好，明處芭蕉一晌過。西下意同東去水，百年禁得幾消磨。

染成鵾淚液池波，終古愁心上苑多。苦競流光鴉繞樹，早尋歸宿鷺藏窠。燭房荷葉銅先疊，粧檻梨花玉似酡。消得黄昏嬴白髮，海紅簾底話宮娥。

危欄烟柳舞傞傞，搔鬢蒼茫感墜梭。如此江山來白雁，既佳光景勸紅螺。魯陽返日祇三舍，同谷看天剩七歌。杜甫《七歌》：「天寒日暮山谷裏。」一抹西崦成北紫，只疑戰血染脩羅。

漢家陵闕尚嵯峨，古恨牽連向晚多。幾杵疎鐘搖建業，數株衰柳伴靈和。山坳凝紫垂垂暝，江面妝金點點波。容易暉陰成代謝，少焉素月滿汀莎。

馮益都萬柳堂

雨滋烟斂柳傞傞，禊飲風流話制科。名士恐隨陵谷變，都人無復歲時過。壞橋水斷魚梁在，荒廐年深馬矢多。湯西崖《拈花寺》句：「水枯已斷舊魚梁。」寺即在萬柳堂故址。又嚴海珊《拈花寺》句云：「而今馬矢填車廐。」追感益都事也。捨宅周顒原久計，可堪舉目換山河。

蠟梅

巧爲緗樣正而葩，迸綴繁香殿歲華。是酒是花渾莫別，用簡齋《蠟梅》句意。非空非色總無邪。半融絳蒂寒偏勒，四照檀心月欲斜。未許和羹元祐世，嘉名錫自兩詩家。

木棉庵

瘴花飄墜日無光，失路何心到佛堂。擢髮數難窮罪案，拉胸殺豈協刑章。繁歌葛嶺歸銷歇，真帖蘭亭待散亡。成就凡夫作忠孝，薰天勢燄此收場。

罰輕恩重枉彈章，巧局安排在瘴鄉。白日豺狼行地上，涼風蟋蟀散湖旁。竹枝薤露疑同調，玉帶珠冠盡不祥。似道嘗發余玠冢，取其玉帶。又，「珠冠」用韓侂胄、趙師睪事。毒手梅州教嘔血，始知天意祚忠良。劉安世徙梅州，章惇使一土豪爲轉運判官，將以殺之，判官將至梅州，嘔血死，劉因得免。

青芝岫

翠薜蘩蘩裹玉英，恍披石史過燕京。米太僕有《石史》。私家始信招難至，帝力能教舉若輕。福海忠魂沈水佩，謂文少府。暢春劫火照霞莖。石上蔣溥詩云：「心神足霞莖。」安排卻近排雲殿，精衛飛來寄歎聲。

滇池先正歸雲處，林文忠由雲貴總督引疾，張文毅贈句云：「郊原雨足雲歸岫。」閩嶠禪僧建寺名。連江琯頭鄉有青芝寺。運致自叢花腿怨，興亡何與石頭情。潤疑薜荔牆侵雨，朗若風烟里放晴。米太僕勺園内有風烟里。汪蔣舊題蕪没半，供人指點倦逢迎。

馬纓花

橫枝乍似染猩屏，又似兜香百子鈴。使節畫從垂羽旹，顧愷之畫蘇武所執旌下覆紅羽如馬纓花，見《博物志》。兒家閒許喫茶停。草梢緑透熊裀輭，梅堯臣詩：「軟草當熊裀。」杏子黄融蠟帶熒。張翥詩：「叙杏春生蠟帶融。」一任多情開又合，此花從不上巾瓶。

垂幃密葉鬱蔥青，襯出紅絨細細馨。孝水西征疑可濯，《西征賦》：「澡孝水而濯纓。」浮雲上籥幾曾停。用《漢書》天馬歌語。風光邇日愁登驛，文字當時取象形。乍合旋開開又合，此花從不上巾瓶。

嚴子陵釣臺

先生高臥節崚嶒，坐議雲臺病未能。天子故人甘蠖屈，仙家快婿薄龍乘。一竿渭水寧爭長，片石淮陰若有懲。裝點江山賴人物，客星光奪萬漁燈。

都昌廣武盡辭徵，得地垂綸世所稱。寥宇一星爭日月，故瀧七里聚雲礽。水仙合祀思秋菊，山骨難攀踞古藤。千載桐江佳氣在，鬱葱何處望春陵。

元遺山野史亭

實録金源斬與脩，身於樂文本無仇。遺山有《贈樂丈舜咨》詩，樂即阻其脩史者。痛亡國以遺聞繫，傳信人同失禮求。獨雁叫雲愁落日，百蟲專夜沸高秋。縛茅豈是平生願，此筆天公要暫留。遺山《移居》句云：「造物留此筆。」

大定明昌思舊德，箕山潁水數前游。酬恩自信無多地，寫照當居第幾流。遺山《自題寫真》句云：「莫問人間第幾流。」五夜幽窗對風雨，廿年退筆等山邱。元張德輝序《遺山集》云：「北渡後，公以纂集爲業，歷二十寒暑。」閑閑公與樗軒老，靈爽猶應鑒九幽。

三硯重爲出土謀，遺山《故物譜》云：「三研瘞之鄭村别野。」兵間流落返忻州。外家尚記拋梁舊，《遺山集》有《外家别業上梁文》。雜録方看塞屋稠。破鏡菱花天上月，見元集《後芳華怨》。畫欄桂樹雨中秋。見元集《西園》。拌將小築温殘喘，對泣還當勝楚囚。

九地忠魂胸耿耿，百年舊事口悠悠。食薇心迹明潛邸，遺山嘗謁元世祖於潛邸。屬草光陰抵首邱。罄欬可通功德記，「罄欬嚬呻」，見遺山《威德院功德記》。淵源能守破殘州。遺山出閑閑公門下，公上書請爲朝廷守殘破一州，見遺山所撰公墓銘。數椽尚占人間世，疏雨幽窗淚不收。

早歲書聲出繫舟，暮年文統守中州。金源未墜三千牘，蓮岳長垂十二旒。寸寸山河功業在，悠悠讐敵罵譏休。清涼佛閣何王殿，肯使諸孫讓魏收。清涼山有元魏遺構，遺山詩中涉及元魏輒稱諸孫，蓋系出拓跋也。

緑　陰

松蓋高盤密蔓侵，四圍翠竹欲成林。屏山色黯琴書潤，鈴索聲低院落深。隱几薄醒宜試茗，凭窗倦繡有停鍼。日光不到天光秘，粉蝶黄蜂底處尋。

落紅如騎去駸駸，百五韶光倏到今。一盞悲春明日思，用冬郎詩語。滿枝結子十年心。杜牧湖州本事。園林蕉大天能掩，城郭榕多海比深。石枕方床便取睡，午雞聲遠卻非瘖。

碧透櫥紗冷浸衾，論酬十畝值千金。蘇詩「坐待十畝金」。草幽更比花時勝，林密常從水次尋。散牧斜陽方欲下，唱蟬西陸若將沉。山川卉木終黄落，枉向池塘感慨深。

夏春代謝此暉陰，曉夢初醒訝日沈。橋影作虹垂柳畫，笛聲如水落梅吟。蒼茫去燕迷歸路，蒙密鳴鸝送好音。正是晝長人困候，試尋佳處一眠琴。

重簾捲上晝愔愔，試步閑庭晝理尋。幾陣薰風吹不散，一番梅雨釀還深。送春鏤檻淒迷碧，節日花磚瑣碎金。息暍此情聊取適，那知秋氣瞬彌襟。

不枉當初手植心，坐窗便似入林深。籬門薜荔成離立，井甃莓苔報上侵。淨碧幾番潑醽醁，氤氳無路出檀沈。須彌芥子藏身法，飛上枝頭叫翠禽。

唐花

斜街花事記逢三，破臘尋春許恣探。損盡天姿枝半拗，滿如人意蕊初含。陰晴消息爐添炭，世界空明鉢現曇。總爲迎年爭點綴，匆匆諧價付般擔。

汴京風尚到宣南，花史偏遺老學庵。烘日紙窗方木格，護春錦被大筠籃。價高誰信芳情賤，歡促先教綺怨諳。姹紫嫣紅紛窟室，「窟室」見庾信《小園賦》。海西別種亦來參。

廣寒殿

臙粉亭空十二簾，鳳笙吹恨落寒蟾。「鳳笙」見遺山詩。宴游已往餘形勝，明宣德於此觀都京形勝。詞曲尋常有怨嫌。一月日邊開彩鏡，五雲天外接雕檐。臨春結綺南朝盛，輸與金瀛碧玉奩。

建自胡元傾萬曆，先傳妝閣後書籤。殊觀山海人工出，軼事宮闈野史添。鴛灤夢回花似錦，元袁華詩：「鴛鴦灤上駕鵞雪。」虹亭影斷玉成尖。太平豈得忘戎備，信礮前頭羽衛嚴。

天壽山明陵

制從永樂傳嘉靖，直至懷宗鹿馬巖。九廟神靈憑亳社，三微帶礪比殷監。寶城夜午紅燈出，玉殿秋荒碧甃嵌。莫道榆枋佳氣盡，勝如景泰草鬖鬖。

蟄園律社春燈詩

慈仁寺顧祠 魚韻

痛哭難忘仗鉞初，空聞海上走鯨魚。回頭白馬迷殘社，銜恨青烏別故居。家國艱辛埋鏃後，友朋風義裹裳餘。白馬、青烏、埋鏃、裹裳，均用集中詩語，裹裳語爲山東遘難事也。劫灰留得炊羹地，拜祭猶多長者車。

身世蒼茫等露車，禪燈對影語欷歔。英靈長戀霓旌路，用謫陵詩語。姓字難污鶴板書。時人詩話以此推重先生。改化端從名節始，勞生肯與典墳疏。「改化宗名節」，又「放跡江湖間，猶思理墳典」，皆先生集中句。庭階莫種閒桃李，愴極先朝板蕩餘。集中有句云：「自經板蕩餘，一再見桃李。」

燈影梅花 麻韻

猩屏四照見横斜，錯道明莖是此花。翡翠籠寒三兩綻，用「蠟照低籠金翡翠」句意。胭脂留暈一重遮。暗香盪起春屏月，薄艷烘成曉鏡霞。彷彿紅樓珠箔影，韶光多在石湖家。石湖有《賞梅》詩。

瀲灧金枝照座誇，半看籠雪半烘霞。柔紅的的防風翦，澹碧濛濛誤月華。錦蝶夢痕疑昨夜，粉蛾春信屬誰家。喜神待向東風譜，好語添丁一笑譁。南俗婦家歲首贈燈，以爲添丁佳兆。

擊鉢吟

露行花

移入明宫態便濃，搔頭簪玉更惺忪。夜來風露難迴避，對影茄花一笑逢。

木奴

薄食山中不自供，主人賴汝御窮冬。千頭倍婢休論價，曾捧丹心貢九重。

陸放翁沈園感舊

一瞥柔情換淚垂，黄藤酒醒不勝悲。池波怕滅當時緑，日夜東風作意吹。

醋心樹

槐蟻桃蟲信有之，尚書春意鬧偏遲。帽簷要洗儒酸氣，及第開時乞一枝。

平楚樓

樓前引決復遲疑，三字回看重涕洟。齊楚罪同偏異罰，相州住宅玷韓琦。劉豫被廢，乞居相州韓琦宅，金人許之。

柳敬亭説書

流落江湖一技微，盱眙束稿久無依。旁人若問真名姓，昔日攀條已十圍。

張詠諷寇準讀霍光傳

澶淵畫室盡尊君，安用殷勤效野芹。學術自家師酷吏，一錢貼鬢入深文。吏盜一錢貼鬢，誅之。見張詠傳。

忠順夫人畫像

妝態南閨一據鞍，當胸寶袜繡龍盤。多情最是胡天月，三度團欒照合歡。

夜航船

又向篷窗度一宵，山容如睡水迢迢。年時記打揚州槳，冷月無聲廿四橋。

南陽菊水

甘菊澄潭出近郊，人家沿水各誅茅。武侯祠屋相鄰否，一盞寒泉配蕙肴。

寒泉薦盞始含苞，厥貢難偕橘柚包。廉讓之間雖不似，料無金甲戰黃巢。「金甲戰秋風」，黄巢《詠菊》詩中句。

陶穀贈秦弱蘭詞

持節南來氣自豪，閒情錯付紫檀槽。風光好處姻緣惡，春水終當走一篙。

奎宿奏事

文字平生觸諱多，精靈不泯補蹉跎。天門不比龍王殿，君側應無鼈相訶。

士人作駡孟詩獻李泰伯

七篇與汝復何仇，指摘紛紛總有由。背痒爲人搔著處，泰伯詩「不奈人間背痒何」。葡萄十斛換涼州。

詩鐘

養生要澈心君論，聽法常參六祖禪。（心六五唱）

少陵老作無家别，商隱詩吟一寸灰。（家寸六唱）

腸爲哀猿憂寸斷，身如倦馬感家居。（家寸六唱）

宫中道籙修靈素，江左禪宗仰法深。（素深七唱）

醉墨自題憎壁素，佛燈欲燼覺堂深。（素深七唱）

澶淵可歎成孤注，秦時猶當望得雄。（得孤六唱）

拙棋置子常無定，破硯傳家勝有田。（田定七唱）

新亭舉目悲何極，彭澤前身事豈真。（舉前三唱）

祇合濁流投此輩，故應窮鬼怨奴星。（流鬼四唱）

閑身舊甕冬齏辦，老眼昏燈細字勝。（冬細五唱）

苦持冰雪遼東操，笑指烟波楚尾家。（東尾六唱）

祭文有感從東客，畫諾多慚署尾人。（東尾六唱）

附录

舊德述聞序

蟄雲學使既修訂族譜，復有《舊德述聞》之作，問序於余。余謂敦族之説，古有明訓，至蘇明允，其説益暢；近代李文貞，則尤痛乎其言之。明允懼人之於本支久而漸忘，文貞則憂其既分而不可復合，皆足發人深省。然苟有以維繫之，使之不忘，則分而難合者，其勢雖分，而仍無甚異於合者，爲其油然不能自已之情，蟄雲其殆有見於此乎？郭氏爲閩望族，自介平公以降，分支五，即世所稱爲「五子登科」者。是編所述，則於本支之外兼及四支，間有在四支外者，杳遠難聞，雖欲述之，其可得乎？《漢書》載公卿名人傳，皆不詳其先世，而所詳者，獨司馬遷、揚雄、馮奉世三傳而已。三子者，惟能自述其先世，故人得以其所自述者載之，自述之不可忽也如此。蟄雲久宦於外，而於水源木本之義，稟承先訓，謹守弗墜。余壻君家垂四十年，當讀書玉尺山時，君家之散居於黄巷、化民營、察院莊者，余時時來往，此境如在夢寐。今則婦翁輩行零落都盡，群從昆弟，存者亦僅十之三四。辛亥以後，而余與君猶數數晤聚舊都，則似有數存焉。故能舉君家一二舊事，爲君操觚之助者莫余若。又如壬子京津兵變，文安公行篋被掠，於時君在窘中，乃亟摒擋稱貸，以寬親憂，而自忘其困，此亦非恒人之所及知者。文安公疾薨京邸，君則哀毀，幾滅其性，内行純篤若此。吾知郭氏子姓蕃熾，必有資此以永其所聞者。是編之出，自他人視之，不失爲林吉人之《榕城舊聞》；自君之族人視之，何異於孟瓶庵之《家誡録》。受讀既竟，爰綴數語，以弁其端。丙子上巳，黄懋謙序於舊都之廊西老屋。

蟄園律集前後編序

光緒中，鄉人官京朝者有《榕蔭堂律集》之作，余方里居，不及與也。丙午冬入都，郭匏庵、葉稚愔諸公始招爲續集，兼得讀《榕蔭堂》槧本，名章絡繹，至今挂口不能忘。余雖繼聲，竊媿弗逮。同人欲盡上、下、平三十韻爲一集，甄選而續刊之，未及半而稚愔病卧，余亦有西江之行，社事遂輟。迨己酉再入國門，舊侶星散，間或沈泉，每過宣武門之南，輒憶當日聚唱夜歸，氍車轣轆，雪光與車燈相照映，此景猶依依在目，則愈惜曩集之弗終也。國火久移，流寓都下，居止距蟄雲密邇，因與蟄雲議振墜緒，其命題拈韻，限期交卷，互評甲乙，一如榕蔭堂之例，而集唱則於蟄雲之松喬堂。是時社侶寥落，不復能限鄉籍，然意興甚盛，中經燹燧，嘐嗚弗輟，凡寒暑再易而三十韻已週。前後兩集相距幾四十載，舉集中數十姓氏，其及與於《榕蔭堂前集》者，只蟄雲、徵宇二人，不與前集而及與丙午續集者，蟄雲、徵宇外，亦只補廬及余而已。蟄雲求丙午斷稿不可得，又以《榕蔭堂前集》録版已失，慮終至失傳，乃謀精選後集，合前集選本，綜付剞劂。議甫定而徵宇、補廬先後歸道山，余與蟄雲亦垂垂老矣。比且以饑驅入吴，相望隔南北，欲如昔者望衡對宇、日夕談詩之樂，且不可得，況清時榕蔭之遊乎？蟄雲書來，謂：「三十韻之既週，蓋懸願至久，今始獲踐。君爲議倡後集者，又前後兩集皆預名，不可無一言以弁諸編。」余不敢辭，顧積感侵尋，捉筆輒不能自制。嗟乎，前集之世，何世也？當都邑清泰，賡唱從容，寧知數十年後，滄海推遷，遂有今日？又焉知滄海推遷而後猶有踵清塵、揚雅緒如後集諸人者？雖然後集之作，誠爲與前集者所不及知，即其人亦不及見，然其事則晉安雅遊之續，其人皆貞元朝士之遺。鍼芥不謀而合，銅洛不期而應，雖謂爲靈山香火之緣可也。世變日歧，斯文凋喪，舊人亦零落僅在，即茲後集，異日恐無復繼唱渭城者，則斯集行世以永風雅一髮之傳，烏可不亟亟乎？余客故都日久，於集中人，類有淵源。離逖之感，山邱之悲，固非楮墨所可殫述。蟄雲則雲路扶摇，遽丁桑海，抱持先集，來往兵間，其所以纘承先志者，初豈在扢揚之末？時移世舛，蹙蹙屏居，若舍是無以自託。丹徒丁闇公稱爲「如紀有群谿有會」者，蟄雲固當之無愧，抑豈深知蟄雲者哉？孤兒當室，一星已周。陵谷萬殊，周京益遠。俯仰愾歎，當何如耶？歲在重光大荒落孟陬之月，黄懋謙序於白下。

致夏吷庵

吷庵先生座右：積年契闊，馳想實深，惟著述康娱，慰如所頌。前在關外得友人寄惠《掃葉樓登高》一集，見君詩，雖屬遥作，而刊作開端。當時馳書李次貢，告以集中首刊之詩，即爲冠場之作，次貢復書則謂此論早於同署邵某發之，得來函正可資以作證。實至名歸，固應若此也。家慈今歲八旬慶辰，乞公篇詩，裱作册葉，似以箋紙爲宜，茲並徵啓呈上，懇於十一月底寄平，不必限於七律，尤爲盼禱。散老入冬尚健，雖舊疾時發，不一兩日而即平復。文法龢兄上月于散老席上才共晤譚，昨日竟接其赴告，殊可駭也。專此奉肅，敬頌著祺。弟黄懋謙拜啓。十一月十三。

蕭謙中萬里歸舟圖題記

蕭謙中作畫多設色，而此卷獨爲墨戲，筆意神似半千。今爲吾友葉葱奇所得，葱奇工畫，自能辨之。謙中固鬻畫自給者也。舊都蕭索，詞人墨客益復無聊。正字之温飽與否，能無繫於山谷之懷耶？癸酉孟冬，黄懋謙。

澹園居士遺像贊

客行滬濱，爲識君始。聚散無常，亦越兩紀。宅性謹厚，顔粹而温。中原板蕩，同軌寧論。西海迴颿，二豎肆虐。積瘁沈疴，返生乏藥。落葉辭樹，秋霜隕庭。遺容載覩，思舊宜銘。貞賢仁兄大人遺象，姻愚弟黄懋謙拜題。

師友贈答

黄老伯母陳太夫人八十正壽序言

何振岱（梅生）

昔曾南豐在福州上執政書，以己年六十、母年八十有八，不能御母而南，即書問往還，非累月踰時不達，意欲求遷近畿，以免北山之怨、陟屺之嗟，蓋爲子戀親之情摯切宜爾，不爲過也。然在唐時歐陽詹氏，亦吾閩人，官京師，爲國子監四門助教，韓文公與之契，謂詹父母以詹得官爲樂。詹在側，雖無離憂不樂；詹在京師，雖有離憂，其志樂也。是故人子之於親，爲歐陽四門，則可以遠遊；爲曾南豐氏，則北山陟屺之詩，不能不時時在念。大抵以父母之所志爲衡，而離合遠邇，可無問焉。吾友黄君嘿園，母氏陳太夫人，明達有宏度，謂男子固宜有四方之志，無事常守家鄉。嘿園盛年，即資之遊學。丙午遊江右，居林簃疏學使幕中。宣統庚戌，以拔貢朝考一等供職學部。改革後，迻教育部。旋入疆吏幕府。不久由桂省奉調還都，供職府院。數欲迎養，而母意則安於鄉居。及君弟樾園亦遠遊口北，長蒙鹽分局，太夫人昉有就養意。乙丑五月，慈軒北來，骨肉團聚，其喜可知；而北地苦寒，旅居未慣。嘿園之繼室王夫人適以病卒，太夫人悒然不愉，迺復南歸。今年十月爲太夫人八十設帨之辰，嘿園具事略，篤予爲侑觴之詞。按略，太夫人系出吴航，爲陳再臯公長女。自其爲女，鞶絲服訓，已有祥女之稱。年二十有一嬪於黄，爲子京先生繼室。於時姑雷太夫人在堂，體孱善病，與息需扶掖。太夫人曰：「事親之道，吾習之矣。察所欲惡，而順之爲從違，庶幾得之。」先生方營甘旨於外，知太夫人之能孝事其親也，則一以内事委之。太夫人量藥調糜，悉躬悉親，一切饔飧鹽豉、盤匜湢牏瑣事，亦弗假於婢媪；伏臘賓祭，供饋施與，尤腆約得宜，戚黨皆嘖嘖稱賢孝。以是，先生雖常在外，如其在家，而威姑得賢婦，亦忘其疢疾之在身，謐然以終其天年。先生既丁内艱，營喪葬畢，復匆匆去里。太夫人女紅餘晷，則督子女誦讀，雖在髫齔，一舉止語默，必導以義方。持家之苦，撫育之勞，而皆不欲遠人知之。乙未冬，先生自蜀歸，自是倦遊不出，以己亥冬捐館。太夫人一慟暈絶，舉家驚駭。俄而瞠目語侍者曰：「適罔迷中，陡見一室金光，一菩薩著竹葉繡衣，擎甌水令飲曰：『我來救汝也。』遂以清醒。」蓋太夫人素事佛虔，持齋誦經無有間輟，瀕危得佑，感應之理，洵不誣哉。予之識嘿園也，在癸巳年，君年十七遊於邑庠，與予同出山左王季樵師門下。釋菜之日，相遇於城東，翩翩年少，稱其才華。是時君詩名已著，所與倡和爲王君又點、林君肖蝓、李君拔可，皆詩中健者。及遊螺江太傅陳公之門，所詣益深。沈敬裕公嘗語予云：「嘿園詩有桀䕶，師友薰陶之力居多。」義寧陳散原先生亦盛稱之。今者，嘿園於詩已名一家，官職清華，而才名聞於海内。以是榮其親，馨饈潔膳，具白華詩人之風，有不羨三公之養者矣。天地之道，「屯」與「泰」相倚，故屯之卦有亨道焉，以善居貞故也。太夫人有家之始，君子于役。既以婦職代子，復以母道兼師，所處之境，可謂屯矣。然而貞以居之，事循其道，而職盡其心，境雖屯，而心已亨。無内鬱不申之氣，因以迓家門昌熾之祥。今者大耋之年，神明彊固，憑筵受爵，蘭玉葳蕤，一堂之上，愉愉如也。天之以厚報償賢母之德，俾晚景大亨，夫豈偶然也哉。昔紫陽朱子有壽母詩，備慶頌之禮，知詩篇獻壽，爲大賢所不廢。嘿園年垂六十，有母足慕福命之亨；遠媲唐宋諸賢，當此家山良月，蘭堂騰觚，知必有介祉新篇，以悦慈顔者。若予之文，亦奚足以揄揚盛德也哉。謹序。

黃母陳太夫人八秩壽序

郭則澐（嘯麓）

黃丈嘿園爲吾祖妣陳太夫人姊妹之子，又娶於吾宗爲從姑婿。何劉誼篤，爰逮尚之；鍾李交深，及知太尉。溯自雞碑之歲，獲共烏衣之遊。迨於旅食春明，論心晨夕。尋山共載，大夫能賦之才；結社相從，古人忘年之契。蓋親懿互敦，申以文字；羈居久狎，勝於鄉閭。乙亥秋，則澐以先祠祠事來止舊京，丈枉過而言曰：「吾母今年八十矣。懋謙溯躋茂異，竊禄郎曹；洎易檀槐，厠名記室。其間浮梧桂、走薊遼，汎梗勞生，望雲懷疢。乙丑夏，適林氏妹奉吾母至都。始遂循陔絜敹之期，而有褉氾捧轝之樂。詎以瘞琴遘閔，慈抱不怡；每當裂葉戒寒，鄉愁頓起。尋林氏妹以家事南歸。雪庭内集，無道韞而減歡；雲樹迴看，等鍾離之念遠。仲弟懋謹，適賦閑居，遂奉歸故里。計邸居者三載，違侍者八年矣。兹當鞠䏲及辰，將圖歸祝；乞文有例，願錫雅言。」則澐謹諾。竊維先祖妣系陳氏太夫人之從姊也。當祖妣來歸，先祖按察公猶擁儒氈，兼參戎幕。停辛佇苦，均煖分寒。先文安公松柏之姿，幼而弱體。苓芝之餌，仰於外家。既而先祖秉符越嶠，隨節粤疆。五馬甫貴而珩珮遽徂；三鳳成名而彤闈不待。先公引爲深痛，感及畢生。故當太夫人七十之辰，儆登堂之拜，追話兒時；觸陟屺之懷，彌嗟去日。誠以梁公往事，知者獨有盧姨；樂安故家，見者必尊任母。流光十紀，人事萬殊。方太夫人歸里之年，正先公捐館之歲。庵題風木，空種遺書；篚輯雲萍，竟傷絶筆。遥遥塵跡，耿耿荼心。而陳氏清門中墜，故第已非。僅餘葛帔之孫，來問玄亭之字。獨太夫人以宣文之令望，膺安康之曼齡。祥徵金齒，少壯遜其聰彊；祉錫玉晨，孫曾亦皆秀挺。是惟人瑞，豈僅女宗？則澐聞之，福有繇集，積厚者必光；德不終孤，能勞者有繼。博稽往牒，若合禎符。太夫人毓秀嬀宗，早徵至性。迨歸江夏，甫越笄年。太姻丈子京先生，佐持鹽筴，恒終歲不歸；私計米鹽，惟中閨是賴。婉承蘐笑，滫瀡維虔；勤示蘭型，湢牏必飭。表荆釵之儉，而留賓有截髮之時；屏甘鮓之珍，而祀先備薦蘋之敬。賢孝著範，族鄗交稱。子京先生崎嶇走蜀，侘傺依人。生事困於斗升，家書動須旬月。太夫人里居匱乏，不辭脱珥以供；予手拮据，未聞停機而歎。猶復分錢濟戹，量力賙貧。所謂積厚必光者，於兹見之。嘿園、樾園兩丈，初識之無，即秉折葼之訓；迨勝象勺，益殫畫荻之勤。而且劉家三妹，或襁褓未離；魯郡六媚，乏胏附可託。於是晝窗壓綫，爭寒暑而程功；夜几課書，傍霜檠而竝影。子京先生終以暴疾，曾乏餘資；太夫人茹蘖自甘，折蒲益勵。宛轉蓼莪之淚，每掩瑶函；凄凉黄鵠之歌，時攙琅誦。忍痛而强撑門户，孑身而兼職父師。直至嘿園丈騰聲文囿，振步天逵。有子如裴叔業，不寬束帶之規；當官非鄧益州，亦願編茆以老。所謂能勞而有繼者，於兹見之。抑又聞之，太夫人夙慕清修，早耽白業。每當佛誕，必誦金經。子京先生之謝賓客，太夫人迸哀一涕，絶息經時；似現白毫，俄逢青鬢。擎甌仙露，道爲度厄之漿；照室佛雲，如爇返魂之炷。知德瓶之潛沃，照慧燭而留輝。今則身如藥樹，已證長生；世换閻浮，卻成常住。所謂十善具足，萬化無極者，更當於兹見之。則澐久嗟還錦，敢效繡鞶。惟是念報劉之無日，不期猶見雁行；憶居洛之當年，默數又移龍漢。低徊家世，睠戀交親。自慙小草，記竦谷之貞松；重感春暉，羡題堂以愛日。此去倘經梅嶺，春隨萊子之衣；安能從話桑田，笑酌麻姑之酒。

案：先三叔黄大芬嘗鈔此壽文，並批云：「情意纏綿悱惻，無一語泛設，無一辭堆砌，而對仗工整，聲調鏗鏘，駢體文歎觀止矣。」

和嘿園除日過歲寒樓次東坡題杭州廳壁韻 甲辰（一九〇四年）

陳寶琛（弢庵）

倦禽愛幽翳，逢山輒淹留。坐與髯叟昵，天捉置此囚。飫君何所有，山光逾珍羞。昨來值歲盡，燭笑吟休休。回思曩夜濤，寧先與耳謀。未來那可説，即景勤焚修。

冬夜同行陀看月鄰霄臺寄懷嘿園日本 甲辰（一九〇四年）

陳寶琛（弢庵）

四山如畫見秋豪，便借天風散鬱陶。容易一年冬又燠，相望重海月誰高。陰晴那復知明日，邱壑何期屬我曹。燈火山樓依舊在，夜闌欠汝耳松濤。

次嘿園韻　戊申（一九〇八年）

陳寶琛（弢庵）

人生取適無常暫，消遣殘年孰過閒。相伴山中惟竹好，舊聞潭底有龍盤。刺船一路來看畫，擁褐空巖共耐寒。歸自匡廬休論瀑，聯吟亦復到更闌。

次韻答嘿園即送再遊江西　戊申（一九〇八年）

陳寶琛（弢庵）

山中渾是我春秋，粗取容身不起樓。雨過亦疑泉稍激，雲行寧與月相謀。寤歌水竹吾何悶，旅食江湖子勿憂。十硯家風仍世在，西來宗派正嚶求。

七月十九日同嘿園遊翠微盧師諸寺 庚戌（一九一〇年）

陳寶琛（弢庵）

山靈不愠我來遲，急雨迴風與洗悲。破刹傷心公主塔，壞牆掩淚偶齋詩。後生誰識承平事，皓首曾無會合期。三十年前聽琴處，祕魔崖下坐移時。曾與偶齋、壺公蕢齋、再同聽吴少嬾彈琴於此。

龍泉庵坐月示嘿園 庚戌（一九一〇年）

陳寶琛（弢庵）

洗秋雨止宿松寮，月午雲開夢亦消。破曉聽泉還蹴起，清光一失是明宵。

嘿園來津示與季武漢上攝影率題一律　己巳（一九二九年）

陳寶琛（弢庵）

三山回首佩觽辰，詩酒宣南欻廿春。誰料合並千莫日，相憐飄泊鳳鸞身。尊前痛逝還今夕，匏庵題此隔日猝逝。鏡裏傳真又一塵。避世牆東元不惡，持籌障簏彼何人。

六月十六日由南昌舟還金陵養痾湖上望廬山憶南康郡守王翰林並憶林貽書提學偕幕僚黃墨園君方入遊此山之三　丁未（一九〇七年）

陳三立（散原）

爲語吟人黃墨園，玉龍峽是洗頭盆。舊偕粱易題名石，可被蛟涎蝕字痕。

送黃墨園之桂林 甲寅（一九一四年）

嚴　復（幾道）

流行坎止豈能祈，作客長安日幾圍。天上星辰仍北拱，月中烏鵲盡南飛。車過漢水梅應發，路入湘江草正肥。回首幽燕見塵土，不須局束歎人譏。

百步廊邀墨園伯嚴同作 丙午（一九〇六年）

沈瑜慶（濤園）

十笏官園百步廊，匝月木石虛平章。蘆簾棐几閟清晝，磨詩削牘嫌相妨。逍遥散步苦無和，起予千里來陳黃。瓣香共祝滄趣老，江海弟子遥相望。我生慣作合并想，插架猶使聯雁行。能事相逢況並世，前除置酒須盡觴。湖海樓高據白戰，高挹廬阜俯甘棠。邇來悲歌滿燕市，書生呫嗶韜光芒。浮屠三宿有餘戀，名山一席誇誰強。眼前儘作蒼茫勢，起伏蒼翠盈巒岡。得月較遲卻宜雨，更有蕉竹生夏涼。棋聲書聲晚相答，入夜鳴瓦聽浪浪。

贈默園並送其勸學廣信　丁未（一九〇七年）

沈瑜慶（濤園）

吾師豐裁式浮靡，猶子多才捐故技。昔别嶄角未垂髫，異地論詩推巨子。君家十研士所宗，悱惻芬芳誰比擬。邇來風雅有别裁，抗手真看擅張弛。海藏滄趣各雄視，子亦傲岸能自喜。歸裝一卷匡廬詩，餘味至今盈頰齒。從知此事無遮限，直抑中晚追正始。吾衰况坐簿領叢，持較群賢無可恃。咄咄留題官齋壁，鬭險未終促行李。此去信州山水區，二十年前遊可紀。當時賓從已無人，使者東山行再起。余從伯潛侍郎按部饒廣，係甲申三月事。

弢公聽水第二齋落成同默園又點作詩見憶昨伯嚴書來言陪赴白門宴集蘇戡於陶齋坐間評其詩爲國朝第一若疑其推讓異於平日者余方有官謗未敢置辭還質弢公當有品第　戊申（一九〇八年）

沈瑜慶（濤園）

聽水齋頭竹有實，第二還當勝第一。碎葉勁節亞洪濤，怒筍伏流更横逸。主人老氣淩秋高，二客才源倒峽溢。春風樓外記懸瀑，千里生徒起居悉。巡行歸咤山頭白，默園去年遊廬山歸，言公督學時所營之春風樓圮矣。未至休摹輞川筆。又點約遊廬山，屢徑約。有錫重評第二泉，螺洲總戀千頭橘。由蘇滬徑歸。寄我新詩一味清，篔簹趵突當前失。故山自笑猜猿鶴，客坐底用談膠漆。著我吟身坐兩齋，晚歲相從較詩律。徐州教授管是非，少谷山人妄甲乙。在山更比出山忙，投檄江南老乘馹。

同橋叟江亭看雪兼柬陶庵默園 癸丑（一九一三年）

沈瑜慶（濤園）

西山寒色侵窗櫺，覷眼浩浩重關扃。並載聳肩衝凍出，尖叉冷峭誰當聽。舊題年月暗塵壁，劫後好事如晨星。昨者旌旆照原隰，珠襦玉匣藏神靈。彤帷雨淚灑陽燠，光景似塞衛悲人。痛定傴僂撥灰話，過市對酌傾空瓶。二客後至赴盛集，遥想宣勸杯無停。禁體號令嚴白戰，主人擁被君當醒。當時入地報分寸，關心豐歉煩明廷。夢寐恍惚那忍説，瑞應屏絶還講經。高寒天上試回望，玉戲切莫忘江亭。佯色揣稱隔梅訊，故鄉花事談伶傳。

與默園論詩即送其行 甲寅（一九一四年）

陳衍（石遺）

黃生手持荆公詩，密密圈點吟哦之。此中海藏久探索，更無餘地堪因依。君家雙井富書卷，驅使詰屈或汝師。茲行山水入八桂，劍鋩羅帶相參差。柳韓筆力藉磨礪，勿怨世路多嶇崎。

案：此即教先祖舍荆公而學山谷也。

和默園重九寄懷之作次韻 丁巳（一九一七年）

陳衍（石遺）

故鄉歲歲作重陽，玉露楓林總未傷。宛在堂前湖水碧，鄰霄臺上暮雲黃。舊遊塔院聞鈴鐸，秋禊荷亭競羽觴。寫此報君能憶我，請君目想當還鄉。

上巳默園修禊北海鏡清齋有詩見憶奉答因視纕蘅 戊辰（一九二八年）

陳　衍（石遺）

燕雁分飛悵朔南，昔遊重九與重三。曾同隋塔聽鈴語，尚約葦平聲灣倒酒壜。蜀道堯峰天樣遠，泉臺羅隱睡何酣。堯生、棪東皆同遊人。多情魯直以相憶，爲報祭詩湖上龕。

旅居無聊嘿園間日一來與弟姪兒輩爲扶乩之戲韻語酬答頗足破悶即事得四首 壬子（一九一二年）

郭曾炘（春榆）

仙壇詩作介，即景是詩題。季野渾臧否，東方雜滑稽。飄飄想笙鶴，擾擾笑醯雞。爲問紅塵客，青雲孰許梯。

澒洞人間世，傷心讀短章。鄧林彌望落，湘草幾時芳。酒乏消愁力，詩真愈瘧方。驚呼李天下，一笑破天荒。

快閣題涪叟，蘭亭敘右軍。一時成雅集，二妙並高文。嘿爾何無語，髯乎故軼群。看君揮醉墨，隨意幻烟雲。

屯雲憂亢旱，一雨快哉謠。未暇謀來日，猶能永此宵。飣盤摘檐果，種紙長窗蕉。檢點心頭地，仙源或未遥。

嘿園枉贈綠淨亭詩四十韻次韻奉答 壬子（一九一二年）

郭曾炘（春榆）

黄郎磊落才，萬言可日試。孝穆石麒麟，摩頂聞寶誌。抱璞久未售，瘖歌矢獨寐。傳家十硯齋，横枝推法嗣。幾年江海别，所詣益深邃。風騷振餘響，孳甲出新意。浸淫百氏書，糟粕例吐棄。扶桑萬里遊，蓮幕一枝寄。落霞秋水詞，傾倒洪都帥。承平養士恩，酬知賸文字。明經應制科，奮起還拔幟。餘樽婪尾春，冷署迴翔地。退食殊蕭閒，飽攬西山翠。郵亭僧舍間，題壁墨常漬。晉安風雅遺，得君重鼓吹。斷句間流傳，遺秉與滯穗。龍蛇忽起陸，坐見虞淵墜。敝廬隔人境，舊雨誰復至。惟君勤過存，相訪月數四。茅亭僅容膝，補葺亦造次。乞鄰得桃栽，斬徑除棘刺。清談恒徹宵，一榻爲君置。銜杯稱聖賢，抱甕泯機智。袖詩亟索和，譬釣懸鈎餌。出匣見龍泉，神鋒何鋭厲。獎借或過情，敷陳皆古義。蚓竅强學吟，敢附洞簫謚。餘生況苟活，豈復關世事。相對欲何言，舉目山河異。蘇程老弟兄，窮旅眷親懿。我已懷遯思，君當守默識。世變未可知，待時且藏器。矍鑠聽水翁，晚節彌冲粹。淵源早得師，杖屨仍日侍。籍湜在韓門，餘子三舍避。群雄尚鬭爭，四郊多烽燧。潛淵有驚鱗，摩霄無健翅。東陽吾所欽，郊居方息累。墩名詎敢爭，澗飲期無愧。濤園在江右，於藩署築亭，亦以「緑淨」署額。朗吟金玉章，蒼茫恨天醉。

案：《石遺室詩話》卷十五録此詩，謂：「字字妥帖，尤於押韻見工。嘿園於春榆爲妹婿，拔貢廷試，春榆則座師也。『獎借』句似太謙。『落霞』一聯，謂嘿園幕遊江西，沈愛蒼權巡撫也。愛蒼陳粤臬，署中有緑淨亭，故末有『郊居』争墩句。」

送嘿園赴南寧幕府 甲寅（一九一四年）

郭曾炘（春榆）

山頭共拜杜鵑魂，握手臨岐賸淚痕。吾道固應來曠野，當年真悔入修門。眼中雜樹誰能久，袖裏驪珠尚自温。陽朔最推巖壑勝，且尋詩料遣朝昏。

答嘿園寄示漢上近詩 戊辰（一九二八年）

郭曾炘（春榆）

東流江漢去湯湯，無望南皮況益陽。生聚十年吾及覩，鬱攸一炬孰爲揚。停雲心事新詩本，賦日才華古戰場。時節黄花開自好，瀛臺憑弔更悲涼。

嘿園以漢上偕季武攝影片索題 戊辰（一九二八年）

郭曾炘（春榆）

乘鶴仙人去不已，賦鸚處士呼不起。翩然二鳥忽相逢，鳴非鳴兮止非止。牙籌安豐洵可兒，毛錐定遠復奚爲。丈夫屈伸各有道，三徙安得輕鴟夷。逆旅悤悤一攜手，婆娑莫問桓公柳。當年江夏號無雙，今日史公牛馬走。孝標敬通論異同，好詞異曲亦同工。鏡中自有真吾在，且醉春燈社酒紅。

題陳師傅聽水齋圖之五 癸丑（一九一三年）

梁鼎芬（節庵）

靜坐能窺造化原，世間螳雀日相喧。後山弟子知名久，今夜初逢黄嘿園。是日濤園南來，嘿園新識。

爲默園題竹山小影 壬子（一九一二年）

張元奇（珍午）

篔簹疑雨復疑秋，觀瀑龍潭跡偶留。絶憶大章溪上路，竹雞勸客一維舟。

寄懷默園 壬子（一九一二年）

張元奇（珍午）

吹落燕南趙北間，炎方倦羽敢輕還。恐傷吾足迷陽草，獨避人群畏壘山。哀惻自憐吟似烏，過從可奈巷無顔。滿前惡木冥鴻遠，苦雨顛風了不關。

寄嘿園廣西 甲寅（一九一四年）

張元奇（珍午）

華年郎署厭浮沉，書記翩翩照桂林。便有詩名驚五管，肯教歸橐説千金。子行好振籌邊筆，我老仍寒濟物心。只惜長安花事盛，不曾刻燭共宵深。

題嘿園季武二兄小影 己巳（一九二九年）

鄭孝胥（太夷）

流落江湖世孰知，佳人理勝各能詩。相看絶倒君休笑，成就中年一段奇。

和黄默園傷足 乙亥（一九三五年）

鄭孝胥（太夷）

歸心如箭車垂發，卻曲偏嗟足偶傷。弢叟頻煩寄聲至，舊京想見爲詩忙。奇情蟠鬱容徐吐，好句吟哦亦自償。留取假期遲兩月，城南花事趁春光。

默園爲母壽徵詩 乙亥（一九三五年）

鄭孝檉（稚辛）

白雲之山山之陽，誰其著姓姓者黃。家世繇來崇母訓，宦雖未達詩則昌。君不見國初老人稱十研，秋江名集裝縹緗。又不聞閩關千里歸嶺海，晚廊親剥蛤蜊香。君生一門足輝映，風流先後遥相望。母當如我曾王母，百有三歲豫頤康。「晚廊」句，《秋江集》原詩。

次韻答默園 甲寅（一九一四年）

劉鴻壽（步溪）

負匱揭篋囊且擔，四海鼎沸休耕蠶。竊鈎豎子尤効耳，爲大盜守空姦饞。七閩聚落借山海，窮冬草木長毿毿。理財禁民固有道，欲起多瘠寧空談。瞀儒無謀況衆穉，鱗爪未具珠胡探。風輪在心視所轉，坐以口實當誰慙。韓公驅鱷弓矢設，未惜羊豕投谿潭。衆狙朝暮總此芧，操縱喜怒惟四三。楚弓楚得意不廣，操戈同室誰能堪。翹翹意厚良欲往，能免短蜮沙中含。西山朝霽晚復霰，路滑未可尋精藍。詩成與子質鐵石，夜長如此眠母貪。

懷黄嘿園 《昌江道中懷人》之七

王允晳（又點）

清詩見骨自無儔，少日黄童欲白頭。刻意忍貧如尚可，不應餔啜損風流。

嘿園與陳弢老聽水第二圖攝影 丙子（一九三六年）

楊鍾羲（雪橋）

與寧歸聽水潺潺，饋詠春風一日閒。萬事凄涼兩行淚，暮年恩禮勝虞山。

師子窩頭夕照蒼，戀深三宿況滄桑。後山集裏留黄預，定有心期付後堂。

贈默園

葉在琦（稚愔）

海内求才日，王城領四方。光陰何草草，雅俗一芒芒。獨喜論詩友，來居講學場。相看憐世事，祇覺故情長。

病問獨坐寄默園

葉在琦（稚愔）

負盡流光又過春，窗前夜雨緑蕪新。堪憐丸藥心情細，乍可繙書臥起頻。扁鵲視人當未病，維摩賢我是無身。年時任率何須悔，莫向東風枉自陳。

十月旅京兼旬默園大兄共遊同宴臨分贈箑鈔經寫佛情見乎詞南歸悵然依韻口占二十八字寄答 丁卯（一九二七年）

高向瀛（穎生）

遊輿詩情共酌斟，閒鷗萬里沒追尋。山樓甲子忘何世，珍重停雲一片心。

黄嘿園自北平寄示哭女詩作此以廣其意 戊寅（一九三八年）

陳　震（仲起）

淚爲骨肉拋，酷甚於身死。誰堪上掌珠，奪去埋蒿里。矧茲失母雛，長成自耳耳。一藝學垂成，平津地尺咫。燈宵人不歸，招魂徒翦紙。吾友黄永福，别來七年矣。親舍隔海雲，瞻望時陟屺。故鄉不得歸，弟妹悲歌裏。視我哭女篇，字字瀝酸髓。觸忤十年恨，眼枯縞夜李。荆公寄女詩：「積李兮縞夜，崇桃兮炫晝。」余長女適李氏，年四十二而卒。「縞夜李」乃借用。退之與震川，殤女壙猶紀。于嗟爲父心，愛憐自幼始。緣法有時既，哀慟可以已。人事每參差，予角或去齒。聖善壽而康，至樂寧過此。慎保爲子身，割慈且歡喜。

嘿園自滬以病中偶成十絶句寄示索贈以二律應之 戊寅（一九三八年）

陳　震（仲起）

傷足知無苦，開緘奕奕神。跰躃能自鑑，倚伏倘相因。藥裏吟情悄，榴皮筆勢新。嘿園詩自注：「大兒自北寄榴實來。」家書多飾語，爲慰太夫人。

老我山栖裏，樓居倍怯寒。有懷梁月落，持贈嶺雲難。眠少愁彌重，吟孤興易闌。爲君歌郤曲，底處置身安。

嘿園隨陳太傅自京師歸北行又有日矣賦贈 壬戌（一九二二年）

林　蒼（天遺）

一昔滄桑事事非，長庚伴月尚光輝。朋交時亦摶沙聚，早晚還如去鳥飛。省識日邊雲可倚，厭看原上草相依。桃花流水今何世，錯遣江神怪不歸。

案：先祖與林蒼早年同在江西幕府，交甚契。陳世鎔《福州西湖宛在堂詩龕徵録》卷二十「林蒼」條下引先祖《嘿園瑣記》一則云：「林弼臣（蒼）爛熟《文選》。曩在江右，同寓逆旅，輒聞其在臥榻間，背誦《三都》、《兩京》諸賦，纚纚如貫珠，不爽一字。尤喜誦《海賦》，日日不去口，不知其所以然也。」迻録於此。

送默園赴廣西省長幕中 甲寅（一九一四年）

陳懋鼎（徵宇）

君子仕行義，於今殊不然。濡忍就傭役，率爲貧所牽。黄生誤習儒，佩玉趨不前。逝將離家室，決去追鞍韉。請問所從誰，使君稱好賢。賢故不遺世，雲亦無定天。子雖入京晚，尚及光緒年。諸夏昔有君，一命猶若仙。五稔化緇素，萬事隨雲烟。平生一瓣香，勤勤爲師傳。拜受御牀字，泣望崇陵阡。阿買慚吾軍，貧孟餘書船。幽齋數晨夕，豈謂闕世緣。而我尤慘别，閲世劇熬煎。頗恨愛莫助，惟知窮益堅。舊情恐臘盡，客程爭春先。早晚抵桂林，亦莫思幽燕。行逢山水處，寄詩勿論篇。

題黄默園聽水第二齋圖　乙亥（一九三五年）

陳懋鼎（徵宇）

大隱孤忠王用文，江山文藻與今分。泉聲久入東山詠，剩有羊曇得共聞。

曼珠功德萬方迎，關塞何須蔡子英。後死未歸歸亦得，風篁餘韻舉家清。

景星歌爲黄默園母八十壽　乙亥（一九三五年）

陳懋鼎（徵宇）

世間頌壽如山河，遊子惟恃春暉多。言天驗人從容後，拜手請作景星歌。景星曠代難見形，由來在德不在星。焕乎至仁之主宰，被於積善之户庭。後漢易學小黄吏，傳下景星照堂宇。何人占者可當之，獨貴自天親受賜。雲章爛然降丹墀，猶是辰居未動時。冲齡承先意不匱，隆孝推及烏烏私。福壽康寧視左契，將母小臣喜可知。君親義失俗目眩，但信佛光長護持。龍見龍飛兩紀中，萬族傒蘇初嚮東。今年三旬開聖壽，臣母八秩歲躔同。真人不藉赤伏符，瑞氣已溢長春宮。金雞玉犬相追逐，仙使走報蟠桃熟。階前自有萱忘憂，海中坐看桑生陸。我歌景星堂哉皇，麟兮鳳兮來遊翔。繼今常樂且未央，豈羨平世眉壽堂。

丁丑新燈社有感爲嘿園書其燈絹詩畫之左方藉似蟄雲

丁丑（一九三七）

陳懋鼎（徵宇）

生憎壁月奪吾春，剩放燈前社語新。心火分傳無盡意，論功漫與白茅人。

董素梅遺像爲嘿園題

甲子（一九二四年）

丁傳靖（闇公）

小謫人天蕚緑華，年年淒淚濕琵琶。春明萬事都零落，不合歌樓有此花。

風花劫了反瑶宫，空憶城南繫玉驄。怎怪莘田腸爲斷，銀燈影裏握春蔥。

五疊固叟韻述懷並謝默園即希見和　庚辰（一九四〇年）

林戩楨（霜杰）

宂官曚若梯雲坐，揲蓍時局難占課。樓頭拄笏氣先清，紙尾鈐名神易惰。太倉鼠雀已經年，歲月真如飛鳥過。兩姑爲婦古知難，再命而僂人預賀。寧知吾意澹如烟，日高猶擁黄紬臥。未遑鼻涕拭他人，奚暇焦頭爭上座。群公莫笑范史雲。釜縱生魚猶未破。老來於世百無爭，皺面但無人肯唾。黄滔詩力長陳芳，薦福端能消坎坷。平生何幸向南豐，一瓣心香逾百和。

金縷曲 荷花生日答默園 壬午（一九四二年）

冒廣生（疚齋）

往事流波去。聽尊前故人重話，西涯佳處。一角高樓烟水闊，曾替荷花爲主。有多少舊京詞賦。一十三年彈指頃，算陳樊今日成黄土。是日集者二十餘人，樊山成七律八首，弢庵成詞一首。絲鬢在，都非故。南來庾信哀誰訴。祇扁舟日斜獨自，去尋元武。雙手酒錢無一箇，空剩惜花情緒。還私向封姨分付。水佩風裳禁未得，願來朝莫更狂風雨。也未要，金鈴護。

七夕稷園口占呈詒書年丈嘿園岳叔之二 丁卯（一九二七年）

施景琛（涵宇）

巍峨列岳白雲鄉，嘿丈世居永福白雲鄉。片羽如君算吉光。華國文章工鍛錬，臨池筆硯重精良。蓴羹湖郡思張翰，茶譜家山話蔡襄。牛女銀河春自好，人天歎我總參商。

壽黄嘿園母陳太夫人八十　乙亥（一九三五年）

夏敬觀（劍丞）

嘿園昔餉我，蕨包味芬齒。客居念吾母，未獲充甘旨。吾母今失明，食不勝胏。膝下徒有兒，何嘗色然喜。君母亦八旬，健飯復聰視。是時菊作花，君庭燦如綺。載歌拜慶詩，和聲協宫徵。别君已廿年，君色猶孺子。孝行必若君，斯可老萊比。

同默園夜談　甲寅（一九一四年）

李宣龔（拔可）

雨聲似巃峰，連夜不逆耳。平生懸一榻，千里待卧起。尋思少時事，歷歷猶可紀。堂空楊震鱣，巷散承宫豕。隔牆轢釜人，惡客爭染指。問貧作何味，糠覈未容鄙。鑑亭一泓碧，面目識閩士。他年會生還，此水或不耻。主人奮刀筆，夜動輒自喜。子非酈生徒，儒術竟奚恃。桂林山水窟，得句定累紙。詩成勤寄吾，世變休撫髀。

聞默園將謀南歸壽其母太夫人作此寄之 乙亥（一九三五年）

李宣龔（拔可）

與君幼比鄰，已羨有母樂。暮年壽君母，況味猶如昨。黄童天下妙，風采動城郭。娱親足師友，一笑真可博。雖無三釜養，爲孝義豈薄。承歡苟有餘，外此等糟粕。歸船聞已艤，不待問烏鵲。勝讀豫章詩，徒稱汝州作。

贈默園仁丈 丙戌（一九四六年）

李宣龔（拔可）

暘臺三月春如海，後車美酒誰同載。挾賢挾長君不驕，見智見仁我能會。憶昔夜聞孫足臏，奔走急難救危殆。醉墜天全偶然耳，一之爲甚其可再。貴人憐君揚齒頰，空使詩名天宇隘。今年七十宜祝延，有子能徵文字債。吾雖矻矻不肯出，三施無報毋乃汰。君詩固是大國楚，淺陋何須數曹鄶。童顔可駐真牛醫，技癢自搔憐馬疥。寄聲鄉里莫相忘，十硯家風有人在。

貽嘿園丈 乙亥（一九三五年）

方兆鼇（策六）

當年波海已兼收，近更師門放一頭。垂老愈明寧炳燭，曠懷不觸勝虛舟。景星慶自慈闈賚，今年太母八十，徵字有《景星堂歌》。香草芬從祖硯留。此會烏山皆健在，得天君信冠同儔。

嘿丈寄示和蟄公詩次韻呈政並柬蟄公 乙酉（一九四五年）

方兆鼇（策六）

同社詩才我最貧，締交爾汝卅年親。眼中急劫成孤笑，物外晨星幾半人。自鑑已同玄覆瓿，何緣能免語燒薪。白衣蒼狗番番過，只有紅樓夢是真。

嘿園丈《津游五君詠》之四

方兆鼇（策六）

坡海兼收太不廉，黄童今亦鬢鬑鬑。師門北向誰羈絏，歎老廬山有伯嚴。

嘿園《感逝》之六

方兆鼇（策六）

雙龍丹鳳夢猶懸，病榻關心近五年。一霎罡風吹子去，凄涼烏几賞花篇。在金陵時，君居雙龍巷，吾居丹鳳街，往還無虚日。

默園學長將歸閩爲太夫人稱壽賦此以壯其行並以誌祝 乙亥（一九三五年）

陳宗蕃（蒓衷）

少小辨氏族，已識永福黄。人師負衆望，執教嚴以方。弱冠交長君，名字騰膠庠。烏山共呫嗶，數仞窺宮牆。淵源溯丸荻，拜母曾登堂。高廊隱修竹，蔌水於焉將。中歲來京師，台省各飛翔。微聞絃誦聲，蔚爲門户光。卅年幾聚散，蒿目增滄桑。詩名晚特出，風雅傳兩當。餘事作六法，上足追豫章。師門數弟子，顔閔誰抗行。雞林重聲價，閬苑看騰驤。顯揚在馳譽，富貴誠毫芒。揭來再拜手，爲我述萱芳。母今年八十，勁節支寒霜。兒亦六十齡，秋花芬更揚。伯歌而季舞，國瑞斯家慶。世衰道崩潰，狂瀾誰爲坊。閟宫式作頌，天下觀吾鄉。

默園六十生日 丙子（一九三六年）

陳宗蕃（蒓衷）

早歲交期老倍親，況兼才藝軼吾倫。枝官暫寄閒爲適，師授先承晚愈純。菊水重闈雙獻爵，榴花五月一簪巾。北堂他日傳燈宴，更見鬚眉白似銀。

疊均酬嘿園 辛亥（一九一一年）

胡朝梁（詩盧）

意氣真成一聚塵，且捐怒忿絶貪嗔。朋交百口眼中在，温克如君有幾人。

黄默園以與弢老攝影屬題 乙亥（一九三五年）

陳曾壽（仁先）

天半翛翛聽水齋，論詩入室許追偕。廿年天地無窮事，何似當年照永埋。

文字深恩肺腑鐫，紛紛趁衆豈能傳。郢斤已往難爲質，愁絶推敲賈浪仙。

默園有廣西之行握別悵然 甲寅（一九一四年）

林志鈞（宰平）

八載滯京邑，局束轅下駒。宙合浩蕩内，守此寧非愚。君有萬里行，此非尋常途。邂逅誠足幸，遠送徒增吁。桂林山叢叢，客路多崎嶇。君懷坦無繫，歷險如安居。況復富詩句，風物堪追摹。從來賢達士，自有寂寞娛。羞從雞鶩爭，坐爲世故驅。蹉跎顔休低，才力時所須。美酒出深巷，照耀溟海珠。但行莫惆悵，離合無時無。

乙亥九月君庸邀同梅生默園自青榭看紅葉攝影相約各題一詩

乙亥（一九三五年）

林志鈞（宰平）

四人二百四十歲，腰脚猶堪敵少年。喚起秋光休放過，滿山紅樹蔚藍天。

壽黄默園七十 丙戌（一九四六年）

林志鈞（宰平）

少從老宿遊，聲譽已藉藉。文場五十年，海内號詩伯。詩與歲俱添，玄鬢亦垂白。日烏月兔東西馳，水枕風巾南北客。愛山探勝謝康樂，傷亂高歌劉越石。劇譚健啖非酒人，題葉臨池有書癖。貞疾懸車居古稀，芝玉盈前足怡懌。九年久别今登堂，吉日良辰此珍惜。

贈嘿園丈 丁卯（一九二七年）

郭則澐（嘯麓）

官書堆眼日紛紜，破寂能來話夜分。霸府即今容揖客，詩人從古合參軍。棄繻自況知多感，君贈劉樵山句云：「久謂吾儕是棄繻。」岸幘相看故不群。惜往傷今兩無謂，解嘲賴有送窮文。

嘿園丈過津見訪云將有新疆之行賦贈　戊辰（一九二八年）

郭則澐（嘯麓）

自竄窮荒我亦憐，夢餘猶是秀才氈。因商行止談終日，重感艱虞別隔年。棋局屢翻餘一歎，詩篇多恨莫輕傳。河湟試撫文襄柳，憶到中興定憮然。

嘿丈枉過話舊賦呈　己巳（一九二九年）

郭則澐（嘯麓）

雨葉翻翻客到門，竹窗風味共黃昏。扶孱長感相憐意，道舊如招已斷魂。皮骨僅存猶自累，君親兩負復何言。賦鵩騎鶴傷心讖，長與征衫記淚痕。先公臨終前二日爲丈題漢皋攝影有「賦鵩騎鶴」語。

嘿丈爲先公督刊墓誌有詩見寄疊韻奉謝 己巳（一九二九年）

郭則澐（嘯麓）

偃臥秋陰不出門，書來一洗倦眸昏。猶勞藥石支羸病，已遣松楸役夢魂。蹇我待參無住法，多君不負久要言。高情會與青山永，地下貞珉認手痕。

補刻先公匏廬賸草成嘿丈追憶前歲與先公同遊大覺寺看杏花賦詩見示次答 庚午（一九三〇年）

郭則澐（嘯麓）

風義誰云隔死生，翠微長憶墊巾行。是日山遊遇雨。眼中老輩相哀意，卷裏前遊不盡情。山路漸荒兵又動，花時易誤曆全更。政府禁用舊曆。傷心剩檢加沙集，老屋東西聚弟兄。仲弟同在沽上。

嘿丈東行索詩爲别　壬申（一九三二年）

郭則澐（嘯麓）

再實木必傷，本根況已撥。曩爲摘果吟，危語豈輕發。采薇今安歸，黄農忽已没。周道望鸞旂，匪車亦揭揭。側聞魚服哀，機鈞難自脱。堂餐亦嗟來，群狺覬投骨。君雖甘鶩餘，胡爲伍獯猲。亂萌矧方滋，隱患在銜橜。君云侘傺身，飢走輕胡越。墜珥幸見收，猶勝卞和刖。吁嗟世途窮，士節坐撓奪。邊風春苦寒，誰與念貧褐。持危要有人，謂君宜省闥。舊恩豈不懷，淚盡旄邱葛。前歲拜賜尺幅，即書是詩。

送嘿丈東還　乙亥（一九三五年）

郭則澐（嘯麓）

栖皇仍越國，臨睨忍論都。歲月鳴禽變，風塵去馬孤。累人貧敢傲，諧世老難姝。太息夷歌地，無端著腐儒。

遺子相忘久，因君念塞雲。虛勞熏穴望，無解處堂云。衆閲誠何謂，孤危甚所聞。出關莫回首，急羽暮紛紛。

題芝女畫菊爲嘿丈壽兼賀移居 丙子（一九三六年）

郭則澐（嘯麓）

排雲殿迥花作屏，憶躡鸞鳳烟霄行，秋香吹夢鈞天醒。斜街壓擔賤於草，幾輩貞元頭白早，只羨先生不稱老。霜枝千影宫西廊，夜來景星光照堂，君舊居宫門口西廊下，嘗拜御書「景星照堂」四字之賜。儆儆綵舞黄金裳。東籬之傑傲者儔，一絢天地秋非秋，喜肖壽骨今黄侯。黄侯瘦面尖叉手，薊遼章桂袖詩走，揭來自壽香滿斗。載花徙宅車班班，景山對宇如南山，新居在景山東。待我送酒行叩關。

喜嘿丈北歸造談述意 甲申（一九四四年）

郭則澐（嘯麓）

失喜君還君更健，相看我鬢比君疏。深談不覺頻移榻，暫覿强如數寄書。驚眼死生空酒社，季武、郁廷相繼殂謝，篤社亦輟。逃心聞見即山居。鉢吟來日能來否，珍重微懽屬夢餘。

疊韻答嘿丈二首 乙酉（一九四五年）

郭則澐（嘯麓）

窮鱗勺水判相親，惠我珠璣頗不貧。噉餅詩名身外贅，裁幡春事眼前真。清歡暫假能忘世，古調終傳賴有人。客慧狂花心不著，未妨一笑聽燒薪。

蹉跎負米爲衰親，當室餘年分食貧。寒甚割氈聊自壯，饑來夢甑詎爲真。悠悠漸悟周非我，寂寂寧妨禹笑人。白首不歸成底事，君看墓木已充薪。

嘿丈就北府參軍之聘詩以調之 乙酉（一九四五年）

郭則澐（嘯麓）

先生扶疾亦彈冠，佚老難求稱意官。此局久同祠禄置，當途猶作幕才看。人情厚薄東西水，世事忙閒上下灘。辛苦南征終左計，解嘲隨處有猪肝。

題林季武黄默園合影 庚午（一九三〇年）

梁鴻志（衆異）

髫年家衖識林黄，窮老工詩氣益蒼。大嚼屠門偶留影，誰知二客亦空囊。影攝於銀行中。

送黄默園北歸 甲申（一九四四年）

梁鴻志（衆異）

識君記家巷，忽忽逾卌年。吾雖早攻詩，未敢隨君肩。中年始拔萃，官就國亦遷。浮沉曹掾中，閲世成華顛。往時聽水翁，詩壘稱精堅。升堂我未曾，入室推君先。聽水久黄土，春衣爲誰姸。南來乃依我，幕府稱君賢。禊遊每相從，好句靡不聯。蹉跎六寒暑，官冷神殊全。前年遘貞疾，不死寧非天。知君胸有詩，不盡留薪傳。昨來忽我辭，官牒從棄捐。脂車指舊京，祠禄資朝饘。欲留未敢聲，佚老須安便。西山照衡宇，色或濃於前。人生葉歸根，世事舟流川。相期飽喫飯，休計歸無田。

大雪日同默翁西園石上坐 庚辰（一九四〇年）

高近宸（子矱）

兩翁對水石上坐，每日窺園作常課。相邀逃學來負暄，我有童心子則惰。今年節候極晴燠，大雪佳辰等閒過。居停此日值初度，朝來曾與隨班賀。新詩闔府已傳觀，燕寢凝香尚高臥。何如坐此弄清漪，猶勝唯阿陪客座。叢蕉葉敗留陰少，早梅蕚勒衝寒破。漾漾池波照鬢絲，皺面自憐寧待唾。冷官雞肋果何戀，不坐工詩也坎坷。生憎結習未能忘，寫與太疎索清和。

默老袖來霜丈疊韻和章三疊奉和 庚辰（一九四〇年）

高近宸（子矱）

昨宵黄童過我坐，袖出新詩第二課，當頭好月照佳篇，再接再厲氣不惰。豐才啬遇亦何歎。精力却喜常人過。買田陽羨説髯蘇，乞宅鑑湖思老賀。即今大地遍兵塵，安得邱園守林臥。有詩可作便出手，有酒可飲合罵座。不然塊壘積成邱，會看拄腹撐腸破。君詩意境獨殊衆，豈屑因人拾餘唾。自是此身有傲骨，文不喜平坎以坷。蚍蜉撼樹未知量，三竭不辭猶勉和。

嘿園於書攤得王荆公詩四葉以綴其案頭殘本適合出示索賦

己巳（一九二九年）

李景堃（次貢）

讀書不至破，與未讀何異。既破補而讀，乃知書中味。破至不可補，便讀於無字。黄侯擁破書，詔人以勤肄。胸中有其全，補綴近多事。荆公實式憑，假手拾散墜。貨居人不奇，錢買衆所棄。乃知無無用，乘時便兩利。我愧黄侯多，插架若新置。未飽蠹魚腹，一瓻或可冀。

除夕聞嘿園傷足賦訊

甲戌（一九三四年）

李景堃（次貢）

有約同歸百紙書，今年準擬諾無虛。不圖卻曲聞傷足，才信康莊會覆車。離合頗疑天早定，與居爲訊近何如。區區一願猶難遂，枉打灰堆咒歲除。

嘿園爲母壽讚佛乞詩 乙亥（一九三五年）

李景堃（次貢）

詩人母多壽，今古事所同。自唐迄元明，悉數誠難窮。斷代溯清初，有梅村太鴻。新城復甌北，袁隨園。顧晴沙。張船山。吴漢槎。洪。北江。晚近稱經巢，鄭子尹。吾儕推吷翁。夏劍丞。嘿園與媲美，頭白心猶童。締交垂卅年，磨詩時過從。因知冲淡性，出自賢母衷。菽水不嫌薄，三釜未覺豐。子詩日益摯，母壽日益穹。頗疑風人家，呼吸真宰通。嗟我失慈庇，惸獨今五冬。昔貽嘔心憂，吟苦詩不工。負戾偶見佛，雖佛難爲功。堃侍母湯藥時，佛亦示蹟。不然兩家慶，同在一歲中。故人隔天末，歎慕徒臨風。

案：此詩最早發表於一九三五年《青鶴》第四卷第三期，題爲《嘿園爲母壽徵詩賦寄》，字句稍異，詩云：「含生各有母，天地原至公。親年有修短，欣戚斯不同。詩人母多壽，近可證吷翁。得君與並美，吾説非鑿空。大抵風人家，和氣真宰通。否因教敦厚，天奬聖善功。涵濡基始胎，養正由童蒙。交君垂卅年，學養疑所從。焉知冲澹懷，傳自母襟胸。菽水不厭薄，三釜未覺豐。苦泉既自甘，厚味忘肥濃。嗟我失慈庇，坎壈今五冬。徒貽嘔心憂，吟苦詩未工。靈跡曾同符，堃侍母湯藥時，佛亦示蹟。佛不鑒吾衷。不然兩家慶，同在一歲中。俯仰慙雛烏，歎慕徒臨風。」

與客談嘿園以韻語述之因寫贈 丙子（一九三六年）

李景堃（次貢）

始吾交嘿園，了無異常友。晚能成心契，得力在一久。非徒擅學問，其介實寡有。讀書眼如月，臧否不出口。我隘喜詆訶，愆謬仗繩糾。出詩互攻錯，一字爭可否。天公厭喧聒，靳與屢聚首。移渠看朔雪，置我傍南斗。比來得內徙，猶似隔連柳。未知五年別，鬢髮白幾綹。頗聞血張王，醫戒尚嚴守。迷陽近傷足，扶杖已能走。客徵君之先，起敬十硯後。黃莘田先生晚稱十硯老人。甥姪已稱詩，疑君臻耆耇。爲告身猶兒，家有八十母。

與嘿園別十五年故都喜晤賦贈 丙戌（一九四六年）

李景堃（次貢）

朋友能久要，必也同習尚。嘿園我所契，多聞況直諒。世變積契闊，二鳥徒相望。誓言未死前，間關定走訪。此願知必償，非故爲豪壯。去歲嘿園聞予誓死走訪之言，贈詩有句云「語雖豪壯實悲辛」。真覿疑在夢，白日證非妄。互訊別後事，歡喜雜惆悵。折脛嘿園曾傷足。完好腕，天欲留字樣。貞疾促早歸，此疾鬼所相。不合老夫身，酬知替分謗。我兄與同病，得天君多讓。況君兒知醫，元氣爲供養。亦復鹽魚池，教廉卻鮓餉。五嶽待婚嫁，淺矣學禽向。惠施陪莊生，所志在濠上。長公君衡監金魚池，予曾與嘿園約同往遊。

次均子籛同默舅西園對坐 庚辰（一九四〇年）

李宣倜（釋戡）

清溪繞舍山圍坐，閒味幽居詩作課。負暄起病獨咿嚘，得飽即眠真懶惰。地偏野曠車馬稀，時有牽牛堂下過。偶然據石學忘機，舉網得魚良自賀。荒尋策杖度前岡，三兩麒麟塚邊卧。眼中華屋燹痕新，何意還同看爭座。兩翁垂老客粱園，夢裏家山愁入破。樓臺斜日渺驚鴻，皺面明漪寒可唾。多君酬唱遣蕭閒，顧我徘徊甘困坷。歸來凍硯欲生冰，借韻成章聊子和。

默園姨丈索近作賦此奉呈用山谷新涼韻 庚戌（一九一〇年）

黄　濬（秋岳）

蠟烟如纛幽窗碧，秋光破碎燈無色。新詩寫就呈高堂，咀徵含商勞襞織。知君展卷定一映，笑我蛩螿亦啾唧。可憐涴盡春衫酒，此意瞢騰誰共白。神州日夕且顛坼，孤注何堪容屢擲。君今姓字滿京華，幾見賈生虚前席。唯聞匡山好詩卷，洗脱鉛華不能識。風流壇坫恐消歇，故與騷人生羽翼。相逢握手意鄭重，長句槎枒茲請益。癡頑賤子百不諳，入抱詩篇如拱璧。

默園丈自閩至晤後越旦書此投之 辛亥（一九一一年）

黄　濬（秋岳）

簇簇窗外菊，意共秋人倦。聞君故鄉來，失喜覯君面。癯顔挾瘖語，脱口索詩卷。吾詩誠拙獷，華宴敢矜炫。自幾獲冥詣，巽語或百鍊。寧知人世事，瞥念遂萬變。三巴首糜爛，鄂陜乃踵煽。群蝨搏病牛，龍血洒酣戰。悲哉嚴秋氣，肅殺萎衆蒨。天心實憂愠，吾黨但睊睊。微官安足惜，所苦拏屬罥。深悲積腷臆，欲吐復呑咽。逝當營五畝，歲晚青山賤。短詩聊質君，寂寞寒宵霰。

即事呈詩廬道兄嘿園同年 辛亥（一九一一年）

曹經沅（纕蘅）

趨曹隨分碾車塵，遮眼文移漸可瞋。失喜朋讙堪送日，冰廳接席兩詩人。

贈默園詩老 庚辰（一九四〇年）

周夔（憐蚿）

老作樞廷客，依然蘿薜身。微吟遣長夏，下筆有餘春。霽月輝書幌，薰風拂醉巾。請抒憂國念，霖雨潤畇畇。時喜得雨。

雲沛詩略

閩縣　曾毓雋　雲沛撰

悼亡

千種閒愁萬種悲，無端拈管洩於詩。兒啼女哭多悵觸，難寫心懷與汝知。

案：此詩悼原配劉氏而作。先外祖母劉氏卒於一九〇四年前後，遺下先舅曾克復、先母曾和清。二十世紀五十年代與先舅曾克復、先繼外祖母李氏同葬於河北省固安縣。「文革」時平墓深葬，墓碑毀而無存。

軍糧城墾荒

官無新舊俱承恩，報道今朝謁至尊。我是笑啼都不敢，一蓑烟雨遁荒村。

案：先外祖於二十世紀二十年代左右曾買下軍糧城荒地。

感事

花信番番幻紫紅，枯榮從古付東風。年來袖手觀棋局，始信輸贏是化工。

紀事

聽到離鸞事可嗟，況兼燕子盡無家。老夫别有憐香意，閒向空庭掃落花。

辛丑出山别諸親友

秋風已老露爲霜，客子行行欲遠將。誓墓忽乖心所願，奔波敢畏道之長。隻身聽鼓行羗土，中表分襟到漢陽。相約年年酬唱句，一函郵寄趁花黄。

挽馬雲亭

山嶽鍾奇氣，觥觥不世才。關弧曾雁落，夢筆自花開。陰嶺銷烽火，巴戎弭禍胎。傳聞年少客，聚米已成堆。

刁斗觚稜月，宮門夜枕戈。神師工地道，壯士挽天河。苜蓿長安馬，胭脂朔漠駝。欲談開寶事，耆舊惜無多。

太白經天起，神州戰血腥。河山開甲子，風雨走零丁。落日三邊壯，繁霜兩鬢星。山陽莫吹笛，此調不堪聽。

禘祖明香火，先勤克己功。與人如訥訥，憂世尚忡忡。感舊心常北，傳經教已東。天山佳氣在，吾道未終窮。

籌筆臨邊日，三軍挾纊深。授餐能養士，樹木早成陰。便有除非願，終存保赤心。哀鴻今遍野，百計待沉吟。

矍鑠猶如昨，征塵黯舊京。胡爲竟長別，於此感平生。絶徼方多事，中原未厭兵。憑誰張漢幟，揮淚説韓彭。

交通文藝集題詞

交通四政，逿起日臻。觥觥茲編，辭發忺純。搜綜斯博，抉納彌神。鎔彼吹萬，冶爲一春。甲子週天，六十經旬。洛紙足貴，燕雲矞新。裨我秉政，用資鏡甄。爰頌褫祉，文圃無垠。

壽交通部陸渭漁參事四十

梅花萬樹占先春，有客充閭祝壽人。懷橘高風思綺歲，懸弧令旦趁良辰。車書策畫經營富，棫樸才多作育新。翹首輿門徵吉瑞，怡然樂事敘天倫。

長公出晾近作率和原韻

漸老朋交漸漸稀，年來事每與心違。江湖流轉尤奔走，天地浮鷗孰是非。唱和起予同刻燭，文章羨子有傳衣。行將笠屐雲山去，局促何能久爲𩋾。

甲子元旦

千門爆竹漸聲稀，一笑還同舊歲違。入世何曾矜作達，行年倏已居知非。未能嘗膽師勾踐，準擬抽身學被衣。牛驥異名皮相耳，忘機便是脱絆𩋾。

雨夜登莫干山

叢篁嘯四山，夜色壓衆緑。捨輿履危磴，兩脚密於簇。欹仄覓徑蹊，百步疊九曲。紆回達客舍，飢腸已轆轆。入室得所憩，麥飯聊果腹。牀席輭如茵，頽然一睡熟。覺來偶側耳，宿溜猶斷續。開窗惟白雲，泱漭不可矚。攜笠强登臨，上有泉可浴。山人指泉脉，謂此流尚伏。循崖復攀緣，突然見懸瀑。濺花拖匹練，激石戛寒玉。豈惟塵俗袪，頓覺精神復。疲足促歸心，未暇窮山麓。頗聞此山中，觸目皆華屋。而我乃逋人，勞勞如轉轂。得寄且便寄，何必謀卜築。天地本逆旅，吾身偶託足。適性與隨緣，逍遥脱羈束。跋涉如可勝，相期避炎酷。

長公姻兄屬題其尊人貢南親家遺墨

我家絳帳子高才，阿買曾從末座陪。燕魯吾宗同官轍，朱陳令子託良媒。老懷悵觸悲梁月，世態蒼黄感刦灰。片羽吉光精爽在，楹書有託羡蘇瓌。

史老伯母吕太夫人九秩晉一正壽

寶婺考輝處，剛逢浴佛時。萊觴欣舞綵，萱閣慶延耋。源遠流彌永，根深蔭愈滋。期頤還有待，來醉萬年巵。

幼寬老友起家幕府向以書畫見重於居停晚入清史館寬孫世兄亦供職警務十丈軟紅一家清白雍雍如也迨政府南遷幼寬歸隱榕城而寬孫亦棄官賣畫餬口四方今歲過津出所著梅譜見示家學淵源深用喜慰於其行也口占兩絶句爲贈

故人有子宦京華，餘事猶能作畫家。筆墨生涯聊寓意，定知肝肺露槎枒。

而翁橐筆走天涯，老向名山作史家。雛鳳清聲能繼起，一枝秃管萬梅花。

案：洪寬孫《癡洪梅譜》載先外祖此詩墨跡，署「辛未冬日東冶曾毓雋漫題」。

題賈韜園集

心醉少陵到放翁，拳拳家國語由衷。頭銜今日韓吏部，政績當年蘇長公。

坐有嘉賓文不點，家多傳筆曲同工。吉人楷法漁洋句，都令詞人拜下風。

子成寄贈茗柯寮徵詩

陳起能刊江湖集，端植亦選四家詩。遥遥相望八百載，吾閩書賈世所希。晚近乃有子柯子，市隱亦豈求人知。即今文字已變改，抱殘守缺空爾爲。君言人棄我乃取，海濱鄒魯此子遺。禮失求野古有訓，禋祀施濟惟其宜。當年聽松賣茶集詩侶，孰與茗柯闢室試茗落落之襟期。

追答崑三表丈書並寄還晚翠軒詩

晚翠我齊年，少小便穎異。於書無不窺，造詣抑何粹。戊戌十日官，金鑾缺密記。觀槿爲刊詩，一册承遠寄。比來無定居，遺失出不意。忽忽五十年，欲讀難再致。人海多故交，借觀殊匪易。忽憶沈與林，郎舅聯至誼。一書馳海壖，書集不日至。書言盼珠還，丁寧及再四。知公葆愛心，到老猶不二。豈意書未報，公已人間棄。痛念三世交，空灑千行淚。追答公不知，小詩聊紀事。

案：沈崑三，名成式，先外祖表叔，沈葆楨孫，沈瑜慶三子。

冬日即事

莫言萍聚是尋常，眼底他鄉即故鄉。試趁薄寒謀小集，好將近事補新章。長裾北曳身如寄，阜帽東來意可傷。歲晚須尋三友樂，八荒無夢劇徜徉。

寄笋玉

春風已到尚殘年，幸我猶遲溝壑填。口熟諸經惟默誦，心澄萬慮自酣眠。滿鑪活火煨冬笋，一盞寒泉薦水仙。輸汝祭詩羅酒脯，合家笑語共烹鮮。

案：沈笋玉，名覲宸，先外祖表弟，沈葆楨嫡曾孫。

冬日漫興

吾生有涯知無涯，新知舊知囿則癡。古人三冬足文史，廢時暍日嗟神疲。固知冬烘眼光短，擁鑪枯坐心少馳。苦寒蟄伏斗室内，冥思幻想窮神奇。宇宙萬象落眼底，造化洩秘無盡期。木公金母侈神話，談瀛志怪亦諷詞。楞嚴十卷從頭讀，火蛇飛鐵莫然疑。王劉學佛有聖解，應訾我見如管窺。匡牀趺坐不出户，遊心八表自解頤。卻寒有酒量苦淺，空羡帳下羔羊兒。飲醇近婦能破老，達者亦自誇先幾。吁嗟乎，生齒日繁舒可慘，折衝偶失合可睽。吾曹埋頭鑽故紙，消寒而外他何知。

答頌椒

聞道碎琴有戴逵，知音能得幾鍾期。從來信筆無高調，况復窮人在好詩。蚓竅同鳴徒取笑，雅塗雜出豈相宜。從今袖却探花手，待唤纖纖與捧頤。

二答頌椒

夏雨連朝遍九逵，頓教舊約竟愆期。絶難攜屐尋諸友，祇合埋頭寫惡詩。雅戲即今休預計，酣眠于我正相宜。鰣魚入饌蘆芽短，鮭菜差堪快朵頤。

三答頌椒

冥鴻久不慕漸逵，事事何妨落後期。犯禁非關無本句，臨池且誦樂天詩。治聾有酒原無效，洗眼多方總未宜。欲學老饕憨腹負，生非所養且觀頤。

四答頌椒

竟夭天年痛用逵，還欣阿買暢襟期。浮沉遠道難傳訊，涵負少年漫刻詩。無忌于君能酷似，嗣宗與世獨乖宜。來詩觸我鴒原感，回首華年淚滿頤。

五答頌椒

歷盡酸鹹與苦辛，六旬湖海歎勞薪。生涯何必多千慮，世界由來渺一塵。北海酒尊期再啓，東坡詩筆羡如神。遥知萬象昭蘇候，子舍看回斗室春。

案：錢頌椒，别名錢元禧，錢慧安長子。畫家，先外祖詩友。

解嘲示頌椒

問天者妄憂天愚，我學樂天天與徒。樊素小蠻都去了，況兼駱馬本來無。

己亥元旦履川六十寄以此詩得三十韻

港沽海程路八千，叔姪相望我與爾。太歲在亥值元辰，喜爾平頭又甲子。頡誦已祧文運衰，癡叔今猶鑽故紙。惟爾之癡甚於我，獨抱遺經遊島涘。憶同爾考應童試，共攜筆硯共臥起。回首匆匆七十年，此歡不再如逝水。丙申客滬我猝病，噢咻賴有爾祖妣。我婦聞訊挾醫來，剋日買舟護歸里。自夏徂秋四閲月，涊然汗出病乃已。越年爾祖厭郎潛，文翁故治出筮仕。挈家沂峽西入蜀，地遠跡疏自茲始。十年宦海半浮沉，惟有抱孫報我喜。官忽左遷鼎亦遷，跋涉京塵艱食指。庚申爾乃北入燕，見爾年少甚嶷嶷。而我是時遭黨錮，人既逋亡家亦毀。甲子天地忽轉旋，我乃逍遥隱都市。評量政局如燭照，遂爲强暴所集矢。被拘我以計自脱，北局從此亦傾圮。神州縱目觀弈棋，支頤隅坐娱暮齒。癸卯避寇我入蜀，爾考古稀值攬揆。老年兄弟慳一面，井研相望在咫尺。爾方槖筆執教鞭，南北英才盛桃李。偶將文字佐圜府，終日咿唔仍素履。長養妻子恃硯田，至今猶能操故技。新陰所庇在鯉庭，二雛清聲倘相似。我家累世擁青氈，墜緒莫尋滋可耻。周秦漢魏唐宋清，派衍桐城歎觀止。今日一例付秦灰，盛極而衰固其理。縱觀世界無古今，萬劫不磨惟歷史。我老世事多遺忘，補苴罅漏爾是恃。相期無負此諾言，千秋庶幾留姓氏。

案：詩中「癸卯避寇我入蜀」句，「癸卯」疑爲「癸未」之訛，時曾克耑父曾爾瀚已年逾七十。「官忽左遷鼎亦遷」句，「鼎」指外祖胞弟曾以鼎。

感事

斯文掃地盡堪哀，播兩稱斤匝地排。地下祖龍應一笑，何如一炬付飛灰。

案：解放初期，先外祖在京肆市遇賣綫裝書者，以稱斤叫賣，遂購數十册，有感賦此。

離情

幼學群嬉跳且憨，而今既冠愧奇男。他年報國應成伍，此日分襟已再三。樂事一時弦在手，離情千尺水成潭。但期書札頻來往，踪迹何妨隔朔南。

案：榦與陳幼曾、張震梓、黄文元、趙芝眉爲天津耀華小學同班同學，後榦轉北京盛新中學就讀，餘四人皆留津，大學時代五人又在天津大學同系，畢業後同分配至北京工業學院（今北京理工大學），我爲助教，四人爲研究生。工作之暇，組成五人弦樂隊，每周六晚在東黄城根亮果廠北京工業學院校本部爲院辦舞會伴奏。二十世紀五十年代中期，四人轉校，以榦仍留校。有感再次分别，故懇先外祖賦詩一首，題爲《離情》，以誌紀念。

逸樵親家囑録去年壽詩

軟紅塵裏憶前踪，六十年來一夢中。杖國杖朝都過了，九旬開一未龍鍾。

登岱同爲七日遊，尋幽石塢豁吟眸。武夷咫尺無緣到，此願猶期得一酬。

森森玉樹滿庭階，況又含飴慰老懷。積德積書儲一室，最甘蔗境壓吾儕。

猶遲二日展重陽，菊酒秋光晚節香。萬里南風能與便，明年此日準登堂。

燭窗話詩

黄以榦　撰

楔子

此爲我個人回憶録《劫炬餘灰録》中的第二章，略爲删易，先行發表，其中多述家世見聞，故附驥先祖遺集之後，或可爲讀先祖集之旁注。

一

我的八世伯祖莘田公黄任，是清代著名的詩人。他性躭雅趣，素有硯癖，曾收藏有十方上好的端硯，所以自號「十硯翁」。莘田公年八十餘時，其孫與子先後離世，晚境淒涼，所藏十方硯在其身前便已散失略盡。二十世紀三十年代，先父（黄大馥）在福州時得知莘田公藏硯一名「端友」、一名「雲月」的下落，當即籌得一筆鉅款（該款來自先外祖曾毓雋），將兩硯贖回。後來可能因北上時二硯略重，難以攜行，將二硯暫存他在福州的表弟林某（先父五姑淑之子）處。其後，先父在福州居住的本家叔（伯）黃賓園（時任國民黨軍隊少將；另一説是先祖堂弟黃懋和，爲國民黨軍隊中將）以黃氏家族之寶不宜被外姓人保管爲名，打一借條後，倚勢强行奪佔，據爲己有，該二硯極有可能在一九四九年前被黃攜往臺灣。對於此事，先父引爲終身之憾。先父生前居津時將寓所名爲「後二硯軒」，那麽到我這一代就成爲「失後二硯軒」主人了。

我近查得，「二硯軒」之名並非先父與我首創。查《麟峰黃氏家譜》有黃景洛（名功，字道容）者，有「失二硯」、「詠月硯」、「詠端友」、「二硯齋」諸詩，其中《失二硯》詩前有序，談及其「工部蘅洲十一弟」得二硯事，序云：「工部蘅洲十一弟任山東兖州府，府運河、祥河分府，得有二硯，一名月硯，一名端友，皆十硯翁遺物也。喜得復歸，名其齋曰二硯齋。新正，齋中燈燭輝煌，集兄弟子侄賦詩以誌其事，取爲《還珠集》，爲合浦珠還之義。」詩云：「端溪磨琢費千金，廉吏摩挲硯癖深。青紫雲烟呵氣潤，幾年流落渺無音。」蘅洲十一弟乃黃任侄黃惠之孫黃拱（一名慶安，字拔容），道光十二年進士。他平生肆力搜求莘田公遺硯，在山東、河南任上購得莘田公遺硯端友、微雲淡河漢（即雲月硯）二方，並顔所居曰「二硯齋」，此爲二硯之緣由。

黄景洛《詠月硯》云：「文章海内成知己，清白當年感彼蒼。皎潔胸懷符霽月，欣將珍重入書香。」詩敘莘田公當年清白爲吏，胸懷同霽月光風一樣；而今日感激蒼天，遺硯失而復得。

又《詠端友》云：「惠政廉聲著粤東，英華嘖嘖羨高風。只因偶宿羚羊峽，端友復來橐不空。」前兩句敘莘田公的政聲著粤東（四會、高要兩縣），後二句謂高要縣羚羊峽是出産硯石最好的地段，端友硯即早年得於此。按，莘田公所畜之十硯，遠在官廣東前。既罷官，只載舊時所畜端研十枚，故有「歸持一硯非空橐」之句，蓋來時不求一硯，去時亦不受一硯。

又《二硯齋》云：「二硯齋承十硯公，秋江香草是家風。於今合浦珠還里，堪比他山好錯攻。」

從以上諸詩可知，先父當年斥重貲所購「端友」、「雲月」二硯，即黄拱昔年苦心訪求的莘田公遺硯。

我檢家藏嘉慶刻本莘田公《香草齋詩注》卷五，查得「雲月」硐爲莘田公所藏十硯外之一硯，並曾將該硯寄山東泰安趙國麟，黄爲此作詩四首，題爲《予以雲月硯寄泰安公公爲鎸銘搨一紙見示賦詩奉呈》，其四云：「巖穴何緣到玉除，十年曾此伴窮居。但將膚寸供霖雨，不上昌黎宰相書。」趙國麟爲顯宦，於莘田公藏硯有所覬覦，莘田公知道後，慷慨將雲月硯相贈，「不上昌黎宰相書」，表示贈硯並非有所干求，不要舉薦他爲官。

這是麟峰黄氏家族兩得二硯，終失兩硯的故事本末。

另外談談沈德潛選改莘田公《彭城道中》第一首詩，兹先將《秋江集》中原詩録之如下：

小沛新豐酒一尊，大風歌罷忽蒼茫。君王何不憐弓狗，留取韓彭守四方。

但在沈氏編的《國朝詩别裁集》卷十九中選的《彭城道中》詩却與《秋江集》不同，兹録如下：

天子依然歸故鄉，大風歌罷轉蒼茫。君王何不憐功狗，留取韓彭守四方。

按，此詩《秋江集》原本首句於韻未協，嘉慶間陳應魁注黄任詩，便改用《國朝詩别裁集》本，注云：「原句『小沛新豐酒一尊』，今從沈歸愚宗伯選本。」而道光間後出的王元麟注本則遵從原詩，注云：「按沈歸愚選本作『天子依然歸故鄉』。」以黄任之能，無有不自知者，突破常規，或自有其用意。首句當是沈氏所徑改者，另二、三句中不同的只是「忽」、「轉」，「弓」、「功」各一字。沈、黄是同時代人，沈氏選編《國朝詩别裁集》，一般是不録在世詩人作品，竟破例選録莘田公六首詩作，可見推崇之意。

我倒是覺得沈氏選改的《彭城道中》一詩，有勝於原詩之處。首句改易，韻律協調，意尚可（當然就詩意來説，原句較勝）。另外，「弓」改「功」，更能描繪出劉邦對已失去兵權有功之臣們嘲弄的無賴嘴臉，沈氏另在詩後注云：「泗上亭長，何詞以答？」蓋此詩之寓意深刻，深爲沈氏所擊節。

二

我的祖父諱懋謙，字默園，號姬巖居士。係莘田公之胞姪心庵（諱惠）之玄孫。清宣統元年拔貢，曾留學日本，畢業於日本明治大學師範科。祖父是同光體閩派詩家陳弢庵先生（寶琛）的嫡傳弟子，陳衍《石遺室詩話》、《近代詩鈔》二書内也有評論和登載祖父的詩，現節録《石遺室詩話》如下：

默園爲弢庵詩弟子，《滄趣樓詩》大半能背誦。七言律久稱入室，清雋句居多。客秋有《聽水師招同石遺丈宿獅子窩》一律云：「荒榛宿莽晚蒼蒼，三兩疲驢陟數岡。山半畫廊連棟起，望中渾水帶沙長。風號欲遣寒專夜，葉赭多因雪先霜。三宿浮屠猶自感，更堪人世有滄桑。」氣勢壯往，視平日最爲傑作。是日師弟皆苦吟，良久而後就，暮歸三人同載，猶推敲不已。

默園自武昌寄示近作數首，余最愛《九日過抱冰堂》結聯云：「登高預計明年處，廿載江亭幸放還。」遊覽地之多，以北都稱最。江亭雖不過一小邱，而二百年文酒所萃，景物别有一種風味。久寓北都者，率未能恝置也。

陳衍《近代詩鈔》録祖父詩十一首，並引《石遺室詩話》云：

嘿園詩酷似其師弢庵先生，蓋皆私淑荆公也。南北離索，不獲多採，録其尤工者十一首。

林庚白《孑樓詩詞話》中有一段提及祖父：

閩人黄懋謙，有詩才，爲遜清遺老陳弢庵之門下士。其詩什九描摹聽水，然亦或青出於藍。録《海棠》一律云：「未及花時爛熳開，落英狼藉委蒼苔。殘妝宿酒扶無力，華屋金盤喚不回。乍暖作寒寒作雨，斷紅成紫紫成灰。看花閲世元同意，負手風前忍獨來。」詠物詩中之上乘也。

近時又檢得陳聲聰《兼于閣詩話》採評祖父詩甚富：

黄默園丈（懋謙），閩中宿學，尤力於詩，爲聽水老人詩弟子，詩字皆學東坡。往在北京，過從甚密，顧未嘗以詩相問學。戊辰同客夏口，一日至其寓所，適同社黄蓬秈先至，遂同過江登黄鶴樓，並過抱冰堂，堂宇曠朗，風日清佳，乃以「抱冰堂」三字分韻爲詩。丈題抱字韻五古一首，並書一扇面相贈，惜今已失之。但記其中「吾宗有夙約，無已來正巧」、「楚人愛南皮，草草一堂了」及「北極羃羽中，共道李四好（謂李次貢丈）」數語。不久，林季武丈（步隨）亦到漢，又同遊一次。二丈需次漢口，爲籌辦銀行事，同在銀行櫃臺前拍一照，丈題一絶句，亦僅能記其末二句云：「己庚癸甲重重夢，不夢同登會計科。」近於春人説夢矣。嗣後丈北還又南下，予已入蜀，聚合日少。有詩數卷，墨巢翁在日謀爲刻之，人事錯迕，終付子虚，惜矣。頃從金山彭鶴濂得其遺詩數首，急爲録之。《聽水師招同石遺丈宿獅子窩》云：「荒榛宿莽晚蒼蒼，三兩疲驢陟數岡。山半畫廊連棟起，望中渾水帶沙長。風號欲遣寒專夜，葉赭多因雪先霜。三宿浮屠猶自感，更堪人世有滄桑。」《金陵大悲閣觀音誕日》云：「大悲樓閣近斜陽，短杖輕衫趁晚涼。數畝樹陰移石蹬，一湖荷氣過城牆。流亡織路餘行乞，香火彌天不救荒。歲歲于山如此盛，試憑合眼當還鄉。」《秋日登掃葉樓》云：「病足高層最怕行，欹斜得路倚秋晴。疏林漸縱風聲急，遠水猶含夕照明。易代遺民重見畫，沈泉舊友剩留名。（自注：壁間有王夢湘、易實甫昆仲聯句。）詞人競説江南好，憶絶年時未被兵。」《四月八日石遺丈生日，伯治置酒橋西草堂。憶壬戌二月余自北都假旋，聽水師招陪石丈爲龍塘之遊，從者王碧棲、陳陀庵，今皆下世，念之愴然》云：「避兵未了就山邱，姓氏猶堪作蹇修。秖乏歲年齊我佛，倘分魂魄傍他州。（自注：丈曾買宅吴門。）門生幾輩存風義，東道茲辰託報酬。一自龍塘觀瀑後，故鄉廿載嬾回頭。」石遺謂詩似其師，但身世異，語言氣象，總不相同。李次貢丈謂默丈詩如村姑入市，衣鬟楚楚，卻有幾分似處。

以上皆是時人對祖父詩的評價，祖父算是近代同光體閩派詩人中知名作者。祖父追隨其師陳弢庵日久，然他二人交往情形，其時因我年幼，未曾聽聞。不過家中舊藏有陳弢庵《滄趣樓詩》殘稿一册，二十餘葉，録詩數十首，審之乃陳弢庵手書。其中第一首賀溥儀壽詩（詩題殘損）及《贈宋鐵梅小濂時督辦中東鐵路有詩留别》、《雙忠廟銀杏兩株》三首，不見於已出版《滄趣樓詩文集》中，蓋爲其佚詩。連天雄先生曾拍攝此册以電郵轉示陳弢庵姪孫陳絳先生，陳先生閲後，告與其所珍藏陳弢庵致其弟陳仲勉家書的筆跡一致，故知爲真跡無疑。是書係祖父遺物，薄薄一册，久置家中某一角落，當年我也不曾聽家人提起過，檢册中有三首僅書詩題，注「已鈔」二字，蓋祖父擅書法，陳弢庵常請祖父謄寫其詩，只有極熟之人才會如此寫法，這也是我祖父與其師陳弢庵先生之間交往的一個物證。

我雖是祖父的嫡長孫，但我與祖父在詩方面的交流反不及我的外祖父曾毓雋。不過祖父和我在詩方面值得記述的有如下幾件事。

二十世紀四十年代末，時祖父已患中風癱在京休養，當時他的腦子還算清醒。有一天，我問祖父：「在七絶中，您認爲平仄格律最爲標准的詩有哪一首？」。他當時給我寫出如下的一首：

春城飛絮柳青青，柳絮飛時花滿城。惆悵東欄一株雪，人生看得幾清明。

當時我記下該詩並未深究，而他在此後不久便辭世。及至二十世紀九十年代，我查《全宋詩》時發現，原來該詩是蘇軾所寫，題爲《東欄梨花》，詩云：

梨花淡白柳深青，柳絮飛時花滿城。惆悵東欄一株雪，人生看得幾清明。

原來蘇詩的第一句是「梨花淡白柳深青」，而非「春城飛絮柳青青」。可能是先祖父病後老糊塗了，但仔細一琢磨，他寫錯的第一句也還不壞啊！恰恰是《紅樓夢》黛玉《葬花吟》中「花謝花飛飛滿天」的「疊字句」。那麽，第一句是否「張冠李戴」？然遍查此句無出處，那只能看作是「黄改蘇詩」了。我想也可能是祖父受莘田公七絶《楊花》第一句「行人莫折柳青青」的影響。當然，也只有真正深於詩者方能改易前人詩句而不著痕跡，這也是祖父作爲詩人的本色所在。

另梁鴻志《爰居閣詩》卷六有《雪夜方策六齋中談詩，何枚生、林宰平、黄默園、黄哲維、陳吉盧咸集，策六有詩見贈，賦答》三首，其二云：

海内閩詩舊有名，能祛煩縟見光晶。世兒標榜終何得，剿説雷同過一生。述黄默園語。

此詩作於一九三〇年，雅集談詩，座中皆閩人。詩末注「述黄默園語」，乃梁鴻志以詩轉述先祖之言，可略窺先祖之詩學宗旨，亦見其於閩詩一脈，始終保持的自信。

一九〇二年農曆六月十四日，我的嫡祖母郭氏（諱鳳梁），因生産先父失血過多，三小時後不幸去世。其後，祖父曾託畫師繪先嫡祖母的遺照，該照曾與我的嫡外祖母劉氏的遺照一同掛在我幼時在天津寓所的飯廳內，惜今皆不存。爲此，祖父曾寫悼亡詩一首記述其事，題爲《繪亡婦蘭生小影畢綴題》：

爐灰冷徹篆無烟，愴絶瓊花近五年。舊宅昔曾吟宋玉，緑陰今更惱樊川。儔中可語今餘幾，夢裏相逢故黯然。腸斷天涯緣七字，碧池荷葉正田田。

先嫡祖母是清博物學家郭柏蒼之子郭溶的第五個女兒，由詩題中可知她的小名是「蘭生」。順便要指出，雖然先父未曾見過他的生母，然先嫡祖母之妹即先父的六姨郭鳳芒和六姨丈林斯璧（鼎章），先父和我都曾在其滬寓見過。其時，林鼎章也在患偏癱病中。記得一九五六年我在滬出差，還趕上他一次生日。在我回北京後，通過大表叔林同濟的介紹，結識了我三表叔、中科院力學所研究員林同驥院士。我們的交往，另詳拙作《劫炬餘灰録》。

據先父《自傳》得知，祖父於一九〇七至一九〇八年間由日本回國。祖父回國後不久即續娶了先繼祖母王氏（名諱已佚，只記得其弟名王輯亭，我幼時見過，稱其舅公）。我的繼祖母王氏一共生了三男一女，即我二叔黄大郁，三叔黄大芬，大姑黄大琨，四叔黄大芳。我大姑黄大琨一九三八年死於傷寒，四叔黄大芳一九四〇年死於肺結核，二人皆在二十三歲時去世（舊説二十三歲爲「羅成關」）。

我大姑和四叔的生卒年，從祖父《存格齋詩鈔》中《哭四兒大芳》（作於庚辰二月）可推算得。同時，詩中除述及先父和我大姑外，我的庶出五叔黄大馩（一九二一—一九七〇）也在該詩中出現，兹將最後十四句録下：

片碣蔡家樓，清明紙灰裏。大兒書云：四弟墓碣清明可豎。飛函促阿馩，攝影付急遞。喪明我知免，忍淚强一視。無窮天親恩，愴痛迫衰齒。骨肉疊摧殘，觸憶汝伯姊。琨女亡於前年，亦廿三歲。兼旬斷汝書，驀地報汝死。他生如可期，再來作吾子。

第一句説我四叔墓地在北京蔡家樓，其地處今陶然亭公園的西北，至今已是鬧市，碣墓皆蕩然無存矣。第二句注云「大兒」，即指先父。第三句「阿穦」，指我五叔黃大穦，生前任北京抗菌素研究所研究員，後死於腦溢血，時年僅五十。第十句「伯姊」，指我的大姑黃大琨，早其弟兩年去世，二人皆年僅廿三歲。

先父亦曾作《悼四弟大芳》七絕詩一首，我只記最後一句「來生兄弟續前因」，可與上詩的最後兩句「他生如可期，再來作吾子」相對照，前者是手足情，後者是父子情。

先祖另有《璣女喜玩魚燈買以貽之》一詩，作於一九三五年，詩云：

阿璣雖齡不解事，咿啞竊學爺哦詩。昨言一室病昏暗，要我點綴光罘罳。邊城三載屢還往，老矣剩覺津梁疲。買來魚燈取遺汝，此亦伏女傳經思。市門景物百蕭瑟，粉飾那可躋雍熙。米家舊樣罔敢學，索價高恐人顰眉。此燈蟬翼僅比薄，藻繪縷刻工兼施。是真是幻了莫辨，寒颸翻動鱗之而。圍爐熾炭過三九，更有霰雪相乘時。一燈保持足一世，百局魚爛爲可悲。鈎吾心事起靜夜，不成社集今無師。

詩中的「璣女」，是先祖父最小的女兒，即我的六姑，她生於一九三一年，與我同齡。因同齡故，我們在北京時一同上中學，我上的是盛新中學，她上的是慕貞女中，兩校爲緊鄰的同樣建築，都是法國教會開辦的中學。其後，她上了北京市有名的北京東四助産學校，畢業後分配到雲南芒市邊境從事婦産醫務工作。後到昆明進修，便在昆明成家立業，二十世紀九十年代前後病歿於昆明。

二十世紀二三十年代，祖父在京津兩地居住時，曾應其師陳寶琛之約，覲見前清遜帝溥儀，溥儀賜書「景星照堂」四字及御墨數枚。有感此次覲見，祖父賦七絶一首，題爲《梁格莊夢憶》：

山陵典禮故煌煌，衣帶叨分御墨香。他日歸鄉奉慈母，君家今是德星堂。

該詩曾題在我的《紀念册》上，署「舊作梁莊夢憶」，故至今仍能記誦。

别有一首七律《和釋鍚元日》，載於李宣倜所編《歲朝唱和集》中，現先摘録原詩如下：

窗紙熹微辨嚮晨，長安又滯一年身。催爺開筆嬌憐女，畏客敲門嬾詣人。預識花遲春裏閏，略聞餅罄臘中貧。當時阿姊街西屋，著屐來過雨似塵。

先祖父於詩後自注云：「余十歲後寓南營，距姊居僅半里。元旦從家大人出門，必先到姊家，遇雨則著屐而往。南中春初多雨，十年中著屐拜年居其半也。」閲此詩，始知李宣倜是祖父的外甥，檢《福州李氏支譜》，載李宣倜之父名宗言，配黄氏名儀蓀。估計祖父的這個姐姐，如非堂姐則應是同父異母的姐姐，即我的先曾祖黄鎬的原配夫人所生。此外，祖父還應該有一個同父同母即由陳太夫人所生的妹妹（適林氏，即郭則澐壽序中稱的林氏妹，大排行第五，故稱五姑），也就是説先父只有一個嫡親的姑姑，她就是曾寫給先父唯一的一封現存家書的「淑」。詩中的第三句中的「嬌憐女」，從時間、年齡上推算則應指我的二姑黄大瑛（先庶祖母王氏所出），當時大姑黄大琨已十一二歲，而我二姑僅五六歲。

先大姑大琨曾在天津讀護校，故住在先父寓所，一九三八年因照看我二姑的傷寒病被感染，不治逝於天津，時年二十三歲。祖父在京聞耗，號慟不已，作《哭琨女》詩四首，第一首述大姑概況，第二首述爲妹代病，竟遭夭亡。第三首述稚童報喪。第四首述月圓難覓至親之悲。其中第三首述及我本人，原詩如下：

童孫字欹斜，來諗大姑死。兼言父甚忙，家人盡來視。舉家含涕洟，短紙置諸几。木皮寄何方，我亦露車裏。葬義取於藏，安魄倘猶美。天乎慳撫棺，爲父真恝爾。

大姑逝時我七周歲，突遭變故，父親要料理後事，家中忙成一團。如祖父詩中大意，當時我握管在紙上歪歪扭扭寫下了幾行字，向住在北京的祖父報喪：「大姑已經去世了，父親實在忙得緊，家里人快些來看看吧。」收到信，全家老少含著淚將我的信放在茶几上。當時祖父在困頓之中，有事羈身，故未曾來津見大姑最後一面，所謂「天乎慳撫棺，爲父真恝爾」。

一九三五年十月，爲先曾祖母陳太夫人八十設帨良辰，祖父先期向師友徵祝壽詩文，何振岱、郭則澐撰有壽文二篇，先三叔昔年有鈔件，尚藏我處。鄭孝檉、李宣龔、陳懋鼎、夏敬觀、陳宗蕃、李景堃等皆有詩相賀。是年祖父因在關外傷足，未能回福州祝壽，鄭孝胥以詩相慰，有「歸心如箭車垂發，卻曲偏嗟足偶傷」句，是年祖父挽陳弢庵太傅亦有「病身寧惜淚，慙痛我遲回」句，即言甲戌除夕前傷足事。故回鄉祝壽事便由先父代行。是年先父攜我（是年四周歲）由天津坐火車至滬，再轉乘海船至馬尾，回福州祝壽。當時先叔祖樾園公夫婦皆在福州，我稱之叔公、嬸婆，還見到了先祖姑淑。

三

在二十世紀四十年代中葉，其時祖父雖因中風而偏癱，但右手尚能寫字，思路也還正常，他和先外祖共同爲我寫過一副扇面。爲此，先祖父當時在扇面之末題了一首詩：

臨帖騰嘲到後生，迹來臆造更縱横。吴興秀媚河南勁，二祖眵昏不必争。

該兩扇正面是外祖臨寫的褚遂良《枯樹賦》，背面爲祖父臨寫的趙孟頫《杭州福神觀記》（實是《膽巴碑》），都是臨帖。扇面至今尚存篋中，惜少部分已殘缺，所幸該詩完好，算是祖父留給我最好的一份紀念。

我記得祖父尚作有《題江天一覽圖》、《遊金山寺》二詩，如今僅記得片言隻字，《題江天一覽圖》云：

□□□□□□□，出峽浮湘尚有圖。我向江天收一覽，焦巖晴晝亦模糊。

《遊金山寺》云：

昔日金山在水中，今無餘地集烏蓬。焦巖政有離群感，不共波濤共雨風。江風鈴語遠呼應，寺塔翻翻廢又興。十載江南低處著，登高腰脚尚能勝。……□□只餘兩段碑。社鼓神鴉都散盡，更無人問佛狸祠。兩山中夾一叢林，夏木陰陰徑漸深。……導人隨處有幽禽。……

我認爲，上兩敘事詩爲先祖父較好的作品，惜不能全記爲憾。

另外，還有題《譚家菜》七言詩只記得最後兩句云：「一餐費却中人產，□□何人識篆卿。」近時搜訪祖父遺詩，終得獲覩此詩全貌，題爲《謝長樂府主惠江瑶柱絶句四首》第四首，茲録如下：

鮑脯魚鰭最有名，法從南海嬗燕京。一餐費卻中人產，作俑爲誰問篆卿。

詩的末句「篆卿」指「譚家菜」創始人譚篆卿先生。當時譚家菜價位也是很高的，故有「一餐費却中人產」之句。

祖父在他去世前所作詩，其中有「清明以後酒杯空」句，我當時看到就有不祥之感。果然不久，祖父即因腦溢血復發，於一九五〇年病逝於北京。

祖父既長書法，又是一代詩家，在對聯上也有很深功力。如一九二四年林紓（字琴南，先父在京上正志中學時的語文老師）去世，他作挽詞云：

卌載丈人行，問疾來過，坐榻爲言家裏事；明年元夜會，鏖詩又屆，晝燈誰助壁間輝。

挽聯娓娓追述，皆交深語。林琴南與先祖的老師高嘯桐是至交好友，高嘯桐逝後每年生日，林琴南皆招集高氏門人致祭，《畏廬詩存》收有《八月十三日爲余友高梧州生日日，余合其高足每年祭之春覺齋，計今十二度矣。壬戌八月病愈，招同黄嘿園、陳杰士、王希農、李孟魯、高耕愚及林蔚生、魯生敦民兄弟爲禮，愴然感賦二詩》。

先父於一九四五年前後爲外祖經營北京金魚池，當時金魚池也和目前一樣是個地名，而其商號名稱爲「知樂魚莊」，可能是外祖給起的，用的是《莊子》的典故。現仍記得「知樂魚莊」四個字是寫在當時叫做「南橋灣兒南口」（即金魚池北口）的木牌樓大門上，該木牌樓兩側的木柱，每年春節都要寫春聯。爲此，先父請祖父擬一副春聯，要求須將「知樂魚莊」四個字嵌入在上下聯内。其時病後的祖父，按要求擬出如下的一副春聯：

知心可證魚同我，樂意相關惠過莊。

對聯擬得相當巧妙，故至今不忘。而其上下聯的内容恰恰也是用莊子和惠子在濠粱觀魚的辯論典故。當時我父母住在金魚池（我則因盛新中學距祖父家較近，故住在祖父家，每周末回金魚池一次），爲此，祖父也爲他們住所擬過一副春聯：

規模天水鷗波館，紀載金源魚藻宫。

上聯用趙孟頫夫婦在天水住所「鷗波館」之典，下聯指金魚池舊址乃金章宗所建的「魚藻宫」。此聯對得相當工整，情景也十分貼切。爲此，先父每年都是自己寫好上述這兩副春聯，貼在「知樂魚莊」的木牌樓兩側和住房門口兩側的門柱上。

另外，祖父與郭家交往甚密切，郭則澐稱「黄丈嘿園爲吾祖妣陳太夫人姊妹之子，又娶於吾宗爲從姑」。祖父爲其四姑丈，我於上世紀四十年代中期與表伯郭嘯麓有一面之緣，時已垂垂老矣。我現在仍記得他寫的一些與祖父有關詩的片段。諸如：「□枝□影宫西廊，夜來景星光照堂，萋萋彩舞黄金裳。」近得連天雄先生見示全詩，題爲《題芝女畫菊爲嘿丈壽兼賀移居》，原詩如下：

排雲殿迴花作屏，憶躡鸞鳳烟霄行，秋香吹夢鈞天醒。斜街壓擔賤於草，幾輩貞元頭白早，只羨先生不稱老。霜枝千影宮西廊，夜來景星光照堂，君舊居宮門口西廊下，嘗拜御書「景星照堂」四字之賜。儌儌綵舞黄金裳。

此詩曾裱成掛屏，掛在祖父京寓，故仍能記得兩三句。此詩爲祖父復從景山東街再遷黄化門内蠟庫七號後，由我表伯郭嘯麓寫爲其芝女畫菊軸上，掛於堂屋内，至今猶記得，人世滄桑，不勝感慨。

另一首是詠雙株牡丹，記得：

風光偏向小園深，韻事闌珊數到今。香國平分寧有界，春工巧合本無心。樓臺四照連金粉，弦管雙□渡緑陰。自是手栽添愛惜，老夫忍俊爲沉吟。

四

以下對先外祖父曾毓雋的詩作些介紹。

就科名而言，外祖父是前清甲午科舉人，而祖父不過是前清末科拔貢。但詩有別才，祖父詩之工力却在外祖之上。僅就其古典詩詞彚量的豐富而言，便使我吃驚。甚至有些詞彚的字在《康熙字典》中都難以查到。

可見當時同光體詩人素質之高，自二十世紀以來，恐無出其右者。外祖之詩，曾由其堂姪曾克耑收入《曾氏家學》中，稱《雲沛詩略》，選録十七首，可略見一斑。

在二十世紀五十年代中期，我曾和陳幼曾、張震梓、黄文元、趙芝眉在北京工業學院成立了五人弦樂隊。我們五人是小學同學（天津耀華小學），中學分開，大學又考取到一起（天津大學），而大學畢業後又分配到同一個院校（前北京工業學院，今北京理工大學），我爲助教，其他四位爲研究生。每周六晚爲周末交誼舞會伴奏。後來他們四人即將調離，弦樂隊解散，我們在一起拍了張照片留念。爲此，我請外祖賦詩一首，外祖欣然以七律爲贈，我後來題其名爲《離情》，並譯成英文如下：

離　情 Leave Feeling

幼學群嬉跳且憨，It's very hippy and simple-minded when we were children,
而今既冠愧奇男。Now, we are adults live up to Alfie grown.
他年報國應成伍，For serving the motherland future years in team of the five men;
此日分襟已再三。The day has been separated again and again.

樂事一時弦在手，A moment of joy is in the fingers to play string instruments；
離情千尺水成潭。Leave feeling just as the water in the thousands feet of deep pools.
但期書札頻來往，But hope our letters keep intercourse，
踪迹何妨隔朔南。What matter if we've lived far from north to south.

綜觀以上外祖的傳世詩作，我認爲此詩較佳。因七律以兩對仗是否工整爲優劣的標準之一，而五人成伍，臨分把手，則都合乎事實。

外祖父享年九十三歲，於一九六七年去世。提到他的高齡，還有件軼事值得一提，即外祖父生前和我説過，在他少年時，其父親（曾宗誠）曾帶他見過某寺院的高僧，而我的曾外祖父向高僧詢及外祖父之命格，高僧告以八字偈語：「官居一品，壽近百齡。」現在看來則全部近乎應驗。「官居一品」，外祖父曾任民國交通總長；壽近百齡，外祖父享壽九十三，也算近似。外祖父生前也曾和我們講他可以活到九十七歲，與高僧的預言相近。

我在京津兩地和外祖父盤桓的時間比起在京的祖父要略長一些，在詩詞和古典文學方面的影響也略多一些。記得二十世紀五十年代初我從天津

大學畢業後，有同班同學名王超者，分配到吉林工作，時值秋雨連綿，他當時作了一首七絕贈別：

是歲離別千里路，適逢陰雨連綿時。天雨不盡離人淚，關山夢裏佳期遠。

這首詩絲毫未按舊體詩詞格律韻法，只能按字數算是一首「七絕」而已。當時先外祖却認爲它雖然不符合舊體詩詞格律，但因景生情寫的手法好、意境好，所以算得上是一首佳作。

此外，清代趙翼有一首《論詩》，我曾寫給外祖看：

李杜詩篇萬口傳，至今已覺不新鮮。江山代有才人出，各領風騷數百年。

但他看後却大不以爲然，說：「趙翼此人狂悖，他哪裏懂得李杜詩篇的空前絶後、博大精深之處！」

先外祖生前與親友間來往的書信原先留存不少，諸如其嫡堂姪曾克耑、姻侄劉仲嘉、族叔曾鎔甫、嫡堂姪女曾明等，惜皆於「文革」時被毀。現仍記得二十世紀五十年代時期一趣事，其族姪曾克耑在香港中文大學任教授，當時他在練張旭的狂草，曾用狂草寫了一封信，寄到天津，哪知此信被天津的郵檢組拆驗時，竟一字不識，萬般無奈之下，只好派人直接到廣東路榮華里廿五號找外祖，請他「破譯」。外祖坦然相助，到郵檢組只用了幾分鐘當面「破譯」交卷，原來只是一封普普通通的家信。

五

下面再談談外祖的朋友及與我有關詩的趣聞佚事。外祖有一個福建同鄉名「受正」，此人姓李，是前清秀才，他的年齡略小於外祖。外祖在天津時，李受正常到廣東路榮華里（即當時稱作「美國軍官大院」）廿五號的先父寓所看望他老人家，談論些詩文。外祖是前清舉人，而李受正是前清秀才，從科名上講，比李受正高一級，故有些看不起他。因此，時常發生爭執，據先母回憶告我説，有一次兩人爲一些詩的解釋發生爭執，外祖用福州話對李受正説：「這你都不懂？連狗都懂！」讓李受正下不來臺，先母在埸也感到很尷尬。後來她跟我説：「你看你公公，哪有這麽説話的！」她以爲李受正會生氣，再不會來榮華里了。豈料李受正却並不介意，依然造訪榮華里不誤。

李受正對外祖很尊敬，所以他對外祖的不禮貌語言並未介意。當然，他的詩才確也差强人意，當年他見我遲遲不成家，寫詩勸我擇偶别太挑剔，哪知這首七絶却成爲一首詩家常説的「詩讖」，所謂「詩讖」就是在詩中隱含着某些「預示」，而這些「預示」在事後有所應驗，雖然它有迷信成份，但他的這首詩確實預示並應驗了有關我姻緣中的某些端倪。其詩云：

衣滿京塵髮欲華，春風何處美人家。幽燕自古多佳麗，當折花時須折花。

此詩贈我數年後，我才結婚，結婚時忽然發現，我愛人的名字恰巧嵌入在該詩的第二、三句内，即「人」和「麗」兩字。而李受正送我這首詩時，我還不認識我的愛人。遺憾的是我一九七〇年結婚時，外祖已去世三年，該詩寫作時間約在一九六七年前，也就是説，外祖可能知道該詩。

我的婚禮是在京、津兩地前後兩天的短途旅行中分别舉行的，在京、津的儀式，都很簡單，當時宴請天津的諸親友於天津小白樓的起士林西餐廳。李受正在天津也前來祝賀，並以枕套一副作爲喜禮。我指著我的愛人向李介紹説：「這就是您的『詩讖』。」李也爲此驚詫不已，隨即以原詩之韻，又作了一首賀詩贈我：

美婦人如張麗華，於君宜室亦宜家，神來筆下詩成讖，細讀芳名藏此花。

此詩又大不如原詩，這也就是一般前清秀才的水平罷。後我亦步其韻，回贈了幾首答謝李受正，尚記得其一云：

十年舊夢憶豐華，芳草天涯兩地家。莫怨還珠珠亦淚，淚垂化作斷腸花。

至於其二，則僅記前兩句爲：

十年寂寞困京華，寂寞京華夜酒家。

上述的和詩約作於一九七〇年後，先父見此詩後沉吟良久，未置可否，而李受正則認爲和詩過於凄涼。

我的表姐夫劉海皋（名嘯東）也曾以詩安慰我，題爲《以鉢來港談及他一些家事成此三首以贈》：

其一

佳麗難求逝歲華，年逾不惑始成家。美人終有顔衰日，何必空嗟錯選花。

其二

庭除灑掃室無塵，賴有妻賢處處新。垃圾豈宜當作寶。改頭棄舊一家親。

其三

隔代焉知上代情，親疎寧許後人評。嗟來莫食男兒志，無欲無求論舅甥。

最近我無意中見到李受正《讀京大同學茗集稷園酬唱諸什感賦並次稊園韻呈諸學長》兩律，有「平生憂樂空懷抱，更愧青衿對仲淹」句，才知道外祖父的同鄉好友李受正名景言，閩縣人。於一九〇三年中秀才，全閩大學堂肄業，一九〇四年咨送考入京師大學堂預科習德文，時年十八歲。看來出身亦甚正。一九七〇年我結婚時，他已年八十四歲矣。

六

先父在上世紀四十年代初，抗戰勝利前，有感於日僞在淪陷區對中國文化的摧殘，曾寫七絶一首寄贈其摯友王慕陶先生，其詩尚記如下：

翻江倒海世如狂，别後王郎更斷腸。果到有書無地讀，付諸秦火亦何妨？

此外零星所記，另有《遊景山過明思宗殉國處有感示麟兒》，我幼時乳名「麟」故稱。其詩云：

清晨攜汝上層巒，國破家亡一死難。老樹尚知憐故主，猶留凋影與人看。

再有《哭五姑十韻》五言敘事長詩，因其長惜未能全記，惟感人至深。該詩約作於二十世紀三十年代末、四十年代初，先父之五姑（名淑）

在福州去世。當時我還在京讀四書家館，先父由天津將此詩寄北平家中，囑我三叔黃大芬爲我講解此詩，我三叔講解時也不禁欷歔動容不已。今就所憶及隻鱗片爪記之如下：

……稚妹出父書，告以五姑死。……姑死在十月，我知在年底。消息何遲遲，相隔兵塵裏。……輕舟復北駛。……悲極轉破顔，……太平還鄉日，撫棺哭慟酹。

惜我非過目不忘者，以未能全記爲憾。先父自一九三五年帶我到福州爲他的祖母陳太夫人（我的曾祖母）做八十大壽後，即與他名爲姑姪、情同母子的五姑成永別。詩中所説的稚妹當指他的四妹（我四姑黃大珠）。「輕舟復北駛」，指一九三五年爲其祖母做完八十大壽後帶我由福州乘船返回天津。「破顔」指因悲極而臉上因痙攣而出現「笑容」。

先父之詩，至今記憶所及已鳳毛麟角，諸如《見遺作大楷哭四弟大芳》七絶，末句有云「來生兄弟續前因」。約一九四二、一九四三年所作《元旦自述》，末句有云「四十明朝一夢過」。《來京示諸弟妹》，末句云「一家和氣未爲貧」等句。總之，先父於詩崇尚唐之白居易、宋之陸游，兩人的詩風皆以淺顯易懂著稱。幼時先父教我所背第一首啓蒙詩爲蘇軾的七絶《花影》，來自《千家詩》一書，該書是一九三五年先父帶我回福州爲先曾祖母祝壽，從上海到福州馬尾的海輪臥鋪上撿到的，其詩云：

重重疊疊上瑶臺，幾度呼童掃不開。剛被太陽收拾去，却教明月送將來。

先父自以爲該詩是淺顯之最，講給我聽應能懂，殊不知我當時的年齡實在太小（剛剛四周歲），將「剛被」一詞記成相近諧音「乾貝」，就是當時常吃的福建特産。就這樣朗朗上口地背了出來，以此博得先父的歡心，而事實上却不懂「剛被」和「却教」的真正含義。以前幼兒背誦的啓蒙讀物如《三字經》、《千字文》等，全都是先背後懂，和我幼時的體驗相似。

先父教我的啓蒙詩中，除蘇軾的《花影》外，還有陸游的《梅花絶句》之一，其詩曰：

聞道梅花坼曉風，雪堆遍滿四山中。何方可化身千億，一樹梅花一放翁。

另一首題爲《城南上原陳翁以賣花爲業，得錢悉供酒資，又不能獨飲，逢人輒强與共醉，辛亥九月十二日偶過其門訪之，敗屋一間，妻子饑寒，而此翁已大醉矣。殆隱者也。爲賦一詩》：

君不見會稽城南賣花翁，以花爲糧如蜜蜂。朝賣一株紫，暮賣一枝紅。屋破見青天，盎中米常空。賣花得錢送酒家，取酒盡時還賣花。春春花開豈有極；日日我醉終無涯。亦不知天子殿前宣白麻，亦不知相公門前築堤沙。客來與語不能答，但見醉髮覆面垂鬖鬖。

我背此詩時年齡已略長，約六七歲，很淘氣。因先父習午睡，醒後睡眼惺忪、睡髮蓬鬆，故用上詩改一字戲之曰：「客來與語不能答，但見睡髮覆面垂鬖鬖。」其頑皮如此。

當年先父還教我讀陸游《小舟遊近村捨舟步歸》一詩，其四云：

斜陽古柳趙家莊，負鼓盲翁正作場。身後是非誰管得，滿村聽説蔡中郎。

至今這首詩使我最爲感慨的是後兩句，由於我述説的這些「劫炬餘灰」之録，無非講先人生前的軼事，至於與其身後相關的是非曲直，現在還有哪些人去理會？其中也包括我的兒女、孫輩以及衆多親朋好友們。而滿村中（即世上大多數人們）還不都是去聽他们想聽的「蔡中郎」嗎？就如現代人都在看那些肥皂連續劇。

先父在教我背誦這首詩時，我雖不到五歲，前三句先父爲我講授則朦朧半解，唯不解最後一句「蔡中郎」之意，遂詢及先父，先父答以：「滿村聽説『蔡中郎』者，滿村聽説『大鼓書』也！」至今記憶猶新，屈指整整八十餘年矣，世事滄桑，可勝歎哉！

麟峰黄氏簡譜

虎丘黄氏第一世祖敦公生六子：宗、禮、凝、敎、啓、餘，世稱六葉傳芳。第二世祖禮公生一子定公。定公生三子，季子富公，字文之，於宋建隆二年（九六一年）遷入麟峰，爲麟峰始遷祖。

富公生二子：才、迅。迅公支系遷居縣城。才公支系留居麟峰，傳至十八世留居麟峰的有璿、璞兩兄弟，於是才公支系又分爲東房和西房。

東房璿公全部遷離麟峰。西房璞公傳至廿一世有昺、晟兩兄弟。晟公遷鳳沵梨洋爲梨洋支系，昺公留居麟峰爲麟峰支系。

麟峰支系傳至廿四世爲伯禄公，生六子，分孝、友、睦、婣、任、恤六房。大房（即孝房）守和公爲廿五世，生文煥公，爲廿六世。自廿六世始，以文煥公擬的對聯「維玉汝于成有容德乃大，以修身爲本能謙道自光」爲輩份排行，現已傳至四十一世「能」字輩。

麟峰黄氏簡譜

二十六世　二十七世　二十八世　二十九世　三十世

文煥　行一，字維章，號坤五、舨庵。天啓乙丑進士，廣東番禺、海陽、山陽縣縣令，擢翰林院編修，晉日講官、左春坊左中允。配張氏、史氏。

堪　行一，字基玉，號山愚。邑諸生。配孫氏、王氏、張氏。

琠　行四，字典玉。順治間歲貢生，大田學訓導，未任。配陳氏。晚年遷省

紹洽　行五，字汝虔，號虔齋。邑庠生。配許氏。

任　行二，字于莘，號莘田、十硯翁。康熙壬午舉人，廣東四會知縣。配莊氏。

度　行四，字成波，號千波。太學生。配官氏、許氏、鄭氏。

二十六世

二十七世

城光禄坊。

瓚

行十一，字贊玉，號希庵。配蔡氏。

二十八世

二十九世

起鳳

行三，字于周，號鳴岐。邑庠生。配孫氏。

三十世

惠

行二，字成迪，號心庵。乾隆甲戌進士，江西高安知縣。配李氏。

嵩

行三，字成峻。配趙氏。

三十世　三十一世　三十二世　三十三世　三十四世

- **度** 行四，字成波，號千波。太學生。配官氏、許氏、鄭氏。
  - **秉元**（殤）
  - **永健** 承嗣 行四，字積有。乾隆戊申舉人。配鄭氏。
- **惠** 行二，字成迪，號心庵。乾隆丁卯舉人，甲戌進士，江西高安知縣。配李氏。
  - **煒** 行一，字彤有。郡庠生。敕贈修職郎。配邱氏，側室趙氏。

三十世

三十一世

煜 行三，字光有，乾隆丙午舉人，山東平原縣知縣。配林氏。

永健 嗣度公。

淮 嗣嵩公。

三十二世

三十三世

三十四世

三十世

嵩

行三，字成峻。配趙氏。

三十一世

淮 承嗣

行五，字清有。誥贈奉直大夫。配薩氏。

三十二世

搏

行一，字扶容。國學生，工部主事，晉封奉直大夫。配陳氏，庶張氏、雷氏、陶氏。

三十三世

敬熙

榜名醇，字雅德，號子穆。咸豐己未舉人，四川安縣知縣，升直隸知州，欽加五品銜。配陳氏、庶王氏。

三十四世

懋祺

行四，字乃晉。壬寅舉人，補用奉天知縣。配葉氏。

懋和

字乃和，號挺生。保定軍校炮科畢業。陸軍中軍，師管區司令。配陳氏。

三十世

三十一世

三十二世

三十三世

○鎬

行十一，字鎬德，又字子京。繼配陳氏、庶葛氏。

三十四世

○懋謙

字默園，號乃晟、姬巖居士。清宣統己酉拔貢。配郭氏鳳梁，繼王氏，庶王氏雪嵋。

○懋謹

嗣淇德公。

○淑　女

行五。適林氏。

三十世

三十一世

三十二世

三十三世

三十四世

掞

行二，字藻容。馳封承德郎，晉封奉直大夫。配鄭氏。

經

行二，字經德，號笛樓。國學生，國史館謄録，候選知縣。配沈氏。

毓汴

字乃轍，號憶園。歲貢生，候補訓導。配許氏。

淇德

懋謹 承嗣

字樾園，號乃榛，名赳，行十五。福建要塞炮科畢業，浙江磐石鎮甌炮臺管帶。配高氏、王氏。

三十世

三十一世

三十二世

三十三世

三十四世

拱

行三，一名慶安，字拔容、蘅洲。道光壬辰進士。歷官工部主事、運河同知，河南歸德府、陳州府知府，賞戴花翎，欽加鹽運使銜。

章文

行十，字憲德。光緒甲午科經魁。揀選知縣，掌教浦城、西山、屏南雙溪書院，配林氏、郭氏。

承潮

行三，字乃渾，號蘧園。邑庠生，日本留學生，本省明倫堂教員，永泰縣縣長。配楊氏。

毓韓

字乃燊，號欣園。光緒乙亥恩科舉人，廣西融縣知縣。配曾氏、蘭氏、林氏。

三十四世

懋謙 字默園，號乃晟、姬巖居士。清宣統己酉拔貢。配郭氏鳳梁，繼王氏，庶王氏雪嵋。

三十五世

大馥 字君恒，號香祖，以字行。郭氏出。配曾氏和清，閩縣曾毓雋獨女。

大郁 臺灣高院審判員少將銜，殁於臺灣。繼王氏出。未娶。

三十六世

以幹 一名以榦，號失後二硯軒主人、歸前四屏齋居士。配王氏人麗。

以葳 女（殤） 乳名小安。

三十七世

蔚 字修蔚，配林氏亭廷。

薈 女 字修薈，適王氏震洲。

三十八世

身玉 女 字鈺林。以字行。

王語妃 女

王宇軒

三十四世

三十五世

三十六世

三十七世

三十八世

大芬

字靈生，號不受命齋主人。後遷居福州。繼王氏出。未娶。

大琨 女

一九三八年因傷寒病歿於天津，年二十三歲。繼王氏出。

三十四世　三十五世　三十六世　三十七世　三十八世

- 大芳　北京輔仁大學經濟系肄業。一九四〇年因肺結核故於北平，年廿三歲。繼王氏出。未娶。
- 大馩　抗菌素研究所研究員。庶王氏出。配張氏琛。
  - 以立　女　適崔鈐。
    - 崔松凌　女　適何民富。
      - 何思遠
  - 以强　配易氏孟堅。
    - 研輝　女　適美國'MATHEW. LAUTENBACH 馬修·勞騰巴赫。
      - 身哲
  - 以群　配董氏湘陵。
    - 修一　配趙氏楠。
- 大瑛　女　行二，又名玳瑛。邯鄲法院

三十四世　三十五世　三十六世　三十七世　三十八世

審判員。庶王氏出。適陳世耕。

大珠 女

行四，名英。石家莊法院審判員。適徐尚斌。

大璣 女

行六，字季秀，以字行。庶王氏出。適張福基。

跋

校書之難，如掃落葉，掃已，落葉復至。老眼昏眵，焉烏帝虎，固所不免，然是書竟成之矣，尤所深幸。先祖遺集，賴李甥厚威從中引介，得連君天雄、黄君任鵬輯佚之功，誠足多焉。又蒙福州陳叔侗、盧爲峰二先生爲本書題寫書名。另北京陳龍俠小姐（Ms. Lucia Bianca Chen）、周華東先生對本書排輯亦多助力，在此謹申謝悃。乙巳清和，歸前四屏齋居士黄以榦校畢並跋。

圖書在版編目（CIP）數據

默園詩集 / 黃懋謙著；黃以榦編. -- 福州：福建人民出版社，2025. 6. -- ISBN 978-7-211-09870-5

Ⅰ. I222.75

中國國家版本館 CIP 數據核字第 2025ZE5044 號

默園詩集

作　　者：黃懋謙
編　　者：黃以榦
責任編輯：連天雄
特約編輯：黃任鵬
美術編輯：白　玫
責任校對：李雪瑩
出版發行：福建人民出版社
電　　話：0591-87533169（發行部）
電子郵箱：fjpph7221@126.com
地　　址：福建省福州市東水路 76 號
經　　銷：福建新華發行（集團）有限責任公司
印刷裝訂：福州力人彩印有限公司
地　　址：福州市晉安區新店鎮健康村西莊 580 號 9 棟
電　　話：021-37910000
開　　本：700 毫米 ×1000 毫米　1/16
印　　張：20.5
字　　數：157 千字
版　　次：2025 年 6 月第 1 版
印　　次：2025 年 6 月第 1 次印刷
書　　號：ISBN 978-7-211-09870-5
定　　價：120.00 元